U0068081

千奇百怪
寄宿家庭

第二部

雪倫湖　著

天空數位圖書出版

序

寄宿家庭在世界蔚為風行，儼然成為流行。

故事來自「留學生故事社」，此故事社每次聚會主題皆不同，成員都會使出渾身解數，分享自身認為最可怕或是最意料之外的故事。成員將這次聚會主題，定為和大家有切身關係的寄宿家庭，讓大家了解不同寄宿家庭的風貌和情況。

聚會的規則為：抽完籤後，按照順序，每個人敘述一個寄宿家庭的故事。當每一個人竭盡所能地描述寄宿家庭的酸甜苦辣後，再由大家評選出一位敘述最生動，故事最令人震撼或感動的為優勝者。

《千奇百怪寄宿家庭》第一部，收錄八則和寄宿家庭有關的故事，有意想不到的驚悚、心跳加速的劇情、難以忘懷的可怕和溫馨滿人間的故事，一一躍然紙上。好的寄宿家庭讓你笑聲不斷，怪的寄宿家庭讓你畢生難忘。

《千奇百怪寄宿家庭》第二部收錄的八個故事分別為：瓶中信、孤獨宮、邱比特、真心房、變調曲、黃金屋、後窗記、靜悄悄。每個故事風格不同，結局各異其趣，讓人拍手叫好。

每一個人均摩拳擦掌，準備將自己最奇怪或是最特別的經歷，跟大家傾訴。

　　懷著不安、好奇和緊張的心情，大家逐漸安靜下來。

　　咖啡四溢的香味，瀰漫整個大廳。

　　準備好了嗎？

　　Ready? Go!

目錄

第一章　瓶中信

加拿大的秋天，風景優美，楓葉片片。

別具特色的咖啡廳，飄來濃郁的咖啡香和麵包的麥香，讓早晨變得美好又愉悅。

格紋風衣、優雅套裝、筆挺西裝，或是悠閒運動服，步行在乾淨清幽的大道，人來人往，彷彿是明信片上的風景。

堤芬妮坐在窗邊，看著路過的行人，他們的目的地將是哪裡呢？是去街角的咖啡廳，是到車站旁的早餐店，是前往工作的辦公室，還是開始一段有趣的旅程？

堤芬妮住在寄宿家庭已經兩個月，個性內向害羞，喜歡幻想的她，只認識班上幾個同學，但都不熟稔。假日時，她喜歡坐在窗邊，想像未來的生活，觀察窗外的行人，腦中浮現出不同的故事。

寄宿家庭的媽媽吉兒是個熱情大方的人，她發現堤芬妮喜歡獨處。除了上學，總是一人在房內，鮮少和其他人聊天。吉兒常主動詢問她的學校生活，但常落得兩人尷尬相望的局面。貼心的吉兒為了怕她太寂寞，有空就帶她去超市和購物商場，並建議她多往外走走，看看外面的風景。

「堤芬妮，有空可以和朋友去外面逛逛。既然來到外國，應該要學習獨立和成長。總是把時間花在房間內，真的太可惜了。」吉兒鼓勵地說道。

「謝謝。」堤芬妮點點頭，似乎不想繼續聊下去。

「對了，想不想去白石海灘？今天天氣晴朗，我們去海邊走走，順便去附近的咖啡廳，喝咖啡，吃甜點。」

「不了，我……」堤芬妮本想拒絕，但一聽到咖啡廳，興趣就來了。她雖然不是咖啡狂熱者，但她喜歡咖啡廳內的氛圍，感覺有很多故事，正在上演。於是改口說道：「好啊。」

抵達目的地海邊後，堤芬妮露出久違的笑容：「這裡好美啊！」

白色的沙灘、碧綠的海水、徐徐的微風、別緻的咖啡館，構成一幅完美的畫作。

吉兒看著她的反應，心中暗忖：這個決定太對了，有空要常常帶她來。

兩人在海邊散步了約半小時，吉兒提議到咖啡廳休息一下，堤芬妮突然發現左前方有個精緻的小瓶子。

「等等。」堤芬妮好奇地把它撿起來。

小小的瓶子裡，還有一張捲起來的紙。

「這是瓶中信。」吉兒解釋道。

「嗯？」

「這附近有間咖啡廳，專門賣這種小瓶子，裡面有一張紙，可以寫下妳的願望、理想對象或是心煩之事。總之，內容五花八門。然後把信放在瓶中，丟到海裡，撿到這個瓶子的人，就是寫信者的有緣人。」

「真的嗎？」堤芬妮興致盎然。之前，她好像聽過瓶中信，但是不清楚意義，這是第一次親手撿到。

「這只是一種趣味。」吉兒補充說道。

「我想買，你可以帶我去這間咖啡廳嗎？」

「當然可以。」

這是一間古典別緻的咖啡廳。

吉兒先到櫃台點咖啡，堤芬妮尋找她想買的商品，結帳的櫃台旁邊，擺了幾種不同顏色的小瓶子。

「買二送二，一次有四瓶，但我不需要這麼多瓶。」堤芬妮喃喃自語。

「妳可以買去送朋友。」一個說著流利中文的帥氣服務生，跟她提出建議。

「你也是留學生嗎？」聽到熟悉的語言，減輕了堤芬妮防衛心。

「不，我們家五年前移民到此。」服務生突然說道：「我叫夏歷刻，妳呢？妳來多久了？」

「我叫堤芬妮，大學剛畢業，來這裡兩個多月了，目前在上 ESL 課程。」這是第一次，堤芬妮和陌生男子聊天，不但不感到厭煩或不自在，甚至有點愉快。

「喜歡這裡嗎？」

「喜歡，但覺得很孤單，因為我很怕生。」堤芬妮忍不住說出真心話。

「哈哈，感覺不出來啊。」夏歷刻爽朗一笑。

聽出對方弦外之音，堤芬妮害羞地低下頭。

「我能理解妳的焦慮。五年前我們全家剛搬來的時候，人生地不熟，覺得不適應又孤獨，後來結交不少朋友，讓生活變得有趣又充實。所以，在家靠父母，出外靠朋友。這是我的名片，上面有手機號碼，有需要可以打給我。」

「謝謝。Sherlock（夏歷刻），你名字好特別也很好聽。」堤芬妮念出名片上的名字。

「對啊，我小時候夢想是當偵探啊。」夏歷刻像個大男孩般，又開起玩笑。

「你真幽默，我也喜歡 Sherlock Holmes。」

「女士，我幾天沒吃飯了，可以請我喝杯咖啡，或吃塊蛋糕嗎？」這時，堤芬妮旁邊突然冒出一個穿著破舊，行動緩慢的老人，他對堤芬妮哀求道。

夏歷刻見狀，想將他請出咖啡廳外，沒想到堤芬妮開口了。

「好。你要吃什麼，我請你。」

老人一聽，咧嘴一笑：「我想吃提拉米蘇、巧克力蛋糕、藍梅派，和兩杯咖啡。」

夏歷刻制止她，「妳不必這麼做。」

堤芬妮搖搖頭：「這些是小錢，對我來說不影響我生活。但你看到他的打扮，生活應該不好過。只是舉手之勞，卻能讓他飽餐一頓。」

她跟櫃台點了老人要的餐點和咖啡後，微笑地拿給老人。

對方頻頻道謝：「謝謝，妳真好心，上天會保佑妳的。」老人心滿意足的離開咖啡廳。

「說不定他是騙妳的。」夏歷刻一臉無奈，卻因為她的善良和傻氣而有點感動。

「沒關係啦。對了，寄宿家庭的媽媽還在等我了，我先去找她了，改天見喔。」堤芬妮突然想起吉兒還在等她，不捨地結束對話。

　　莫名地，她覺得有點可惜，兩人第一次見面卻有聊不完的話。

　　但是第一次見面，如果一直攀談，會不會給人輕浮的感覺呢？

　　她慢慢踱步，走到吉兒的旁邊坐下。

　　一邊喝咖啡，一邊忍不住嘴角上揚。

****

　　回到寄宿家庭後，已近傍晚，堤芬妮快步走回臥室，想看看剛剛撿到的瓶子，裡面的紙條到底寫了些什麼。她屏住呼吸慢慢打開紙條，沒想到竟然是中文：

To：撿到瓶中信的你

　　夏天在河堤的我們，

　　歷經青春歡笑苦澀，

　　刻畫芬芳難忘回憶，

　　希望緣分牽引你我。

　　E-mail:***180@gmail.com

堤芬妮小心翼翼地把信放回瓶子，這幾句很美好，到底是誰寫的呢？是男的，還是女的？原本乏味平靜的留學生活，多了期待和希冀。

　　自從上次和吉兒去白石海灘散步後，已經過了兩星期。

　　堤芬妮和寄宿家庭媽媽的感情變得比較緊密，堤芬妮也慢慢敞開心房，和吉兒閒聊學校發生的趣事。

　　這個月堤芬妮因為寫作業和準備考試，讓自己生活忙得不可開交。跟班上同學雖然還是泛泛之交，但幸運的是，認識了談得來的朋友米雅和喬瑟夫。

　　下課時，米雅突然問道：「堤芬妮，妳去過白石海灘嗎？」

　　「我之前去過，風景好漂亮啊！」

　　「妳知道咖啡廳有賣瓶中信嗎？」米雅好奇問道。

　　「知道啊，妳買過？」堤芬妮下意識反問。

　　「當然，我還寫過，我在裡面留下我的 e-mail，不知道誰會撿到我的瓶子。但到現在，都沒人和我連絡。」

　　「哇，這樣不會有危險嗎？」堤芬妮覺得米雅心真大。

　　「不會，我只留 e-mail，沒留下手機，如果覺得對方不 OK，不回應就好了。但是，如果聊得很開心，將是 another story。不

過，瓶中信可能一年，甚至幾年都沒人撿到，就在海上漂流。」活潑的米雅，非常愛交朋友。

對啊，只留 e-mail，這是個好方法。

堤芬妮突然想起瓶中信中，對方有留下電郵，她決定晚上回家後，寫封信給對方。

Dear 瓶中信主人：

我在海邊撿到你的瓶子，很喜歡你寫的內容和一手好字，我覺得我們頗有緣分，所以貿然寫這封電郵給你。

我是個靦腆膽小，話少的女孩，不容易交到新朋友，透過文字，比較容易和人溝通。希望這封信不會打擾到你。

小堤

堤芬妮考慮了好久，最後決定把這封信寄出。

****

自從把信寄出後，堤芬妮每天都期待對方的回信。

從充滿希望到逐漸失望。或許，這個人已經結婚了，或許這個人已經忘記曾經寫過瓶中信，又或許電子郵件已經無人使用。

有天晚上，吉兒和堤芬妮吃飯時，隨口問道：「堤芬妮，最近學校生活還好嗎？」

　　「很好，認識了兩個好朋友，課業越來越上手。」堤芬妮點點頭。

　　「很棒，如果有煩惱或是想去哪裡可以告訴我喔，我會盡力幫忙的。」吉兒露出溫暖的笑容。

　　「好。」對於吉兒的關切，她很感動，有的寄宿家庭和學生只保持友好的房東和租屋者的關係，但是吉兒常常關懷她，幫助她適應這裡的生活。

　　正當堤芬妮對瓶中信已無期盼時，驚喜突然降臨。

　　瓶中信的主人回信了。

小堤：

　　妳好！我是瓶中信的主人，妳可以稱呼我夏天。沒想到真的有人撿到我的瓶中信，不可思議啊！真是有緣千里來相會。我目前是認真努力的上班族，個性和妳不同，是個非常外向健談的男子，交到朋友易如反掌。當初會寫瓶中信，是因為一年前和朋友打賭輸了，早就忘記這件事了，收到妳的信時，還有點詫異和欣喜。我想，互補的個性，才有話聊啊。 啊，我又開始滔滔不絕了。

　　最後，祝妳心想事成。

夏天

　　堤芬妮收到信後，從字裡行間，可以得知這個人，應該是個真誠和開朗的人，她馬上興致勃勃回信。這種感覺很特別，不需要面對面，但卻有很多事情可以分享。在文字的世界裡，她能暢所欲言，尤其是對陌生人，她可以不必擔心說錯話或是有其他顧慮。

　　夏天從剛開始兩三天後才回信，隨著兩人越來越熟識，回信速度也加快，通常是堤芬妮寫完後隔天就會收到來信。

　　一個人在外國的日子，難免有思鄉之情，尤其夜晚時，望著滿天星斗，皎潔月光，思念起遠方的家人，感覺特別難受。父母很忙碌，最近又常吵架，加上時差，不能常常打電話回去訴苦，讓他們心煩。因為個性問題，很多話無法和朋友傾吐，常常話到嘴邊就停止了。她不喜歡麻煩別人，也擔心別人反感自己。

　　自從有了夏天的支持和鼓舞後，堤芬妮變得開朗許多。

　　他總是傾聽自己的煩惱，給予正面的回應和開導。

　　生活，變得多彩和甜美。

　　都是因為夏天。

　　從信中隻字片語，堤芬妮幻想叫夏天的這個人，應該是個帥氣的男人，因為信中曾提到異性緣不錯，再加上溫和體貼，

足見其魅力。堤芬妮沒有預期和對方見面，因此不曾問過對方外表和身高，只是自己勾勒出對方的形象。

當米雅邀堤芬妮去白石海灘買瓶中信時，她一口答應。她想起在咖啡廳遇到的夏歷刻，不知對方現在好嗎？雖然之前對方有給過她名片，她卻不小心弄丟了，所以一直沒和對方聯繫。

周末時，米雅開車到白石鎮，她們開心地往目的地前進。

由於天氣很好，今天咖啡廳人聲鼎沸，絡繹不絕。

「咦，現在沒特價了。」堤芬妮失望地說道。

「沒關係，這價格很便宜啊。」米雅開心地挑了兩個。

堤芬妮望了望四周，沒發現夏歷刻的蹤影。

趁著米雅付帳時，堤芬妮鼓起勇氣問店員：「請問 Sherlock 在嗎？」

「他離職了喔。」可愛的店員微笑以對。

米雅疑惑問道：「誰是 Sherlock？」

「他中文叫夏歷刻，是曾在這間咖啡廳工作的服務生。之前有過短暫的交談，人很好相處，不過他離職了。」

「可惜。但是，說不定他有空會回來這裡，有空妳來這裡逛逛吧。一邊喝咖啡，一邊找有緣人。」米雅開著玩笑說道。

　　也只能這樣。堤芬妮失望地點點頭，她的散漫和被動的個性，讓她錯失交到一個能交心的朋友。夏歷刻的笑容和自來熟，讓她聊天時毫無壓力。

　　從小到大，因為這種無作為的個性，錯失過很多機會。明明暗戀很久的學長，卻因為自己不敢告白，而讓朋友捷足先登。話劇選角時，即使台詞背得滾瓜爛熟，卻因為不敢舉手，而將最想演的角色拱手讓人。

　　現在，她一人在外地，不是自己的舒適圈，應該改變這種優柔寡斷的性格，才能真正成長。

　　回到家後，她寫了一封信給夏天，跟對方表示目前心情低落。原因是今天去咖啡廳找朋友，但是對方離職了，所以錯過熟識的機會。信中，她提到自己和對方認識的經過，不小心弄丟名片，以及對他的真正的看法。堤芬妮在心中表達很多內心想法，因為這幾個月的通信，兩人對彼此個性有一定了解。一旦她覺得難過或是疑惑，會寫信跟對方訴苦，包括父母正在談離婚的事，這些都是她不能和朋友討論的心事。漸漸地，她對夏天產生信任，雖然未曾見過面，卻彷彿相識已久的朋友。

　　夏天在午夜之前就回覆了，信中只有短短的一句：

　　白石咖啡廳？買二送二？

　　堤芬妮馬上想起，這是在暗示她買的瓶子是買二送二，難道……

她連忙回信：

瓶中信？

不到幾分鐘，夏天又回信了。

堤芬妮：

　　妳把瓶子裡的紙條，好好再看一次，妳應該會豁然開朗。

　　奇怪，對方為何知道自己叫堤芬妮？她一臉狐疑地把紙條攤開，再仔細閱讀過一遍。

To：撿到瓶中信的你

　　夏天在河堤的我們，

　　歷經青春歡笑苦澀，

　　刻畫芬芳難忘回憶，

　　希望緣分牽引你我。

E-mail:***180@gmail.com

　　「啊，我知道了。」堤芬妮大叫，紙條上每個句子第一個字，合起來就是：夏歷刻。

　　世界上竟然有這麼巧合的事情。

　　一直不覺得自己運氣好，終於擁有一次幸運。

兜兜轉轉，終究相遇。

不等堤芬妮回信，夏天又傳來一封信。

堤芬妮：

很開心知道撿到我瓶中信的人是妳。

我以為妳已經忘記我，自尊心有點受打擊。畢竟我的異性緣一直很好，哈哈！見到妳時，覺得妳雖然羞赧，但是妳幫助老人的善良行為，讓我印象深刻。現在的人，很多時候都有點冷漠自私，妳卻是單純的可愛。

如果可以，這周六下午三點，我們約在我之前工作的咖啡廳見面，我請妳喝杯咖啡。如果時間不能配合，要告訴我喔，不要失去聯繫。不然，我會以為妳對我毫不在意。

夏歷刻

堤芬妮開心不已，迅速回信表示將會赴約。

瓶中信，你永遠不知道撿到的是奇遇還是緣分。

但是，人生，總在轉角處，遇到不同的驚喜和契機。

把握人生，你將會發現窗外有藍天。

第二章　孤獨家

巴爾札克：「普通人都難以忍受孤獨，處在逆境的人由於不信任任何人，對這種孤立更加敏感。」這是葛瑞絲最愛的一句名言，因為她心有戚戚焉。第一次看到這段話時，瞬間就打動她的心，她自認是一個孤獨的人，自稱為孤獨家。獨生女的她，家境十分優渥，父母非常忙碌。從小到大，她就在錦衣玉食中，享受奢華的物質生活，卻也獨自品嘗孤獨的苦澀。

　　久而久之，當習慣成自然，那種感覺彷彿刻入身體，和思想融為一體。

　　讀書時，大小姐個性讓葛瑞絲收穫不到真正的友情，都只是淡淡之交，唯一一個好友，對她似乎是別有目的，不是發自真心。大學時，父母將她送到加拿大讀書，這是很多人羨慕又求之不得的機會，在她眼裡卻成為父母只想過兩人世界，將她視為燙手山竽的手法。葛瑞絲之所以孤獨，是因為她內心過於負面和敏感，導致她無法融入團體，才會覺得被孤立在外。從小到大，葛瑞絲最喜歡過生日，因為父母會準備很多禮物和食物，替她辦派對，讓她覺得備受矚目。這令她覺得受到大家關心，而不是孤孤單單的一個人。連她自己都沒察覺，其實她內心深處，還是渴望友情和其他情感的。

過度敏感，還是陳述事實

　　當她向學校申請寄宿家庭時，列出很多條件，學校為了學生權益，千挑萬選，終於找到一間令她滿意的寄宿家庭。這對夫婦布萊恩和蘇菲亞非常謹慎和禮貌，活潑大方，之前住過的學生都覺得滿意。這對夫妻有一個孩子，不過在外地工作，所以基本二樓的空間只有葛瑞絲一個人使用。這種不受打擾的感覺，就是她所希冀，這也是葛瑞絲挑選這間寄宿家庭的原因。在學校餐廳吃飯時，聽到有個同學抱怨和一家五口人共住，很多不方便之處。

　　然而，住不到一個月，三個人之間的關係，幾乎降至冰點。

　　第一天，布萊恩和蘇菲亞對葛瑞絲表現非常親切，希望她能像住在家裡一樣，安心自在，他們會盡量配合葛瑞絲的提議。

　　「葛瑞絲，妳今天晚上想吃什麼，可以寫在紙上，我們去超市時可以順便買回來喔。」

　　葛瑞絲寫下：「宮保雞丁、豬排、番茄炒蛋、白飯、咖啡、蘋果牛奶。」其實她想吃的食物很多，但是她知道寫了也沒用，因為她們不會烹煮那些菜餚。

　　蘇菲亞尷尬一笑：「豬排和番茄炒飯我可以試試看，但宮保雞丁是什麼呢？」

　　葛瑞絲解釋：「是某種辣味的雞肉丁。」

即使蘇菲亞努力烹飪，上網找資料，但結果還是差強人意。葛瑞絲不想說謊，覺得不好吃的神情，一覽無遺。

她臉色不悅，慶幸自己只拿了一點點分量。

蘇菲亞笑著說：「我盡我所能了。入境隨俗，明天吃吃我的拿手菜吧！」

布萊恩也笑著說道：「蘇菲亞的手藝很棒喔。」

葛瑞絲點點頭，但卻忍不住輕蔑一笑。

晚餐一結束，她沒有和兩人多聊點天，就迅速回房間了。

整個晚上，她一個人在房間，看著書、聽音樂、思考未來或是放空，享受這種一個人的孤獨感。

當蘇菲亞敲門時，她只是說：「我要睡覺了，晚安。」拒絕開門。

一句話，隨即拉開兩人之間的距離。

隔天，葛瑞絲打電話給蘇菲亞，表示要和朋友一起共進晚餐，不回去吃飯。蘇菲亞一方面感到失望，另一方面卻又覺得欣慰。失落的原因是因為昨晚她已經準備了幾道今天要煮的拿手菜，想讓葛瑞絲嚐一嚐，一雪前恥。開心的因素是葛瑞絲和朋友有約，是件好事。她爽朗一笑，表示結束後會去載她。。

蘇菲亞覺得葛瑞絲很害羞內斂，話非常少，再加身在異鄉，如果沒有朋友，孤獨的感覺是一件很糟糕的事情。

事實上，葛瑞絲並沒有和人有約，她只是在學校附近的餐廳，一個人享受美食。對於蘇菲亞準備的晚餐，她不想勉強自己，再繼續嘗試了。

這一星期，葛瑞絲每天傍晚都在學校附近找一間餐廳，然後一人用餐，並請蘇菲亞來載她。因為寄宿家庭的費用有包括接送上學，所以這要求並不過份。

然而，星期五蘇當天菲亞剛好在附近辦事，所以提前到餐廳，想給葛瑞絲一個驚喜，順便見見她的朋友。她覺得父母把女兒交給他們，她有義務了解一下她的交友圈。

沒想到，蘇菲亞看到讓她驚訝的一幕。

葛瑞絲一個人用餐，餐桌旁並沒有其他人。

難道，她說謊了？

她走進餐廳，葛瑞絲看到她的神情充滿驚慌，證實了她的臆測。

「妳朋友呢？」說不定提早走了，蘇菲亞安慰自己。

「他們……其實……」不善說謊的葛瑞絲，支支吾吾，說不出一個合理的答案。

葛瑞絲看了她的反應，更加確定。

「我煮的晚餐這麼不好吃嗎？」蘇菲亞半揶揄，半訴苦的問道。

葛瑞絲看了看她，沉默不語。

一路上，蘇菲亞忍住怒氣，若無其事地詢問葛瑞絲學校的生活，但她都只簡單回答，並不熱絡。後來，車上的兩人變得不發一語。

蘇菲亞回家後，心情有點受影響，於是和布萊恩討論了一下。原本想要大展身手，準備很多異國料理給葛瑞絲吃，現在覺得自己真可笑，一切都是多餘。

布萊恩安慰她說道：「每個人都有權利選擇想吃的東西，所以不用放在心上。況且，妳還有我這個忠實粉絲，我太愛妳煮的菜了。」

蘇菲亞咧嘴大笑：「好啦，我是你的菜。」

經過這件事情，蘇菲亞對於葛瑞絲仍然很友善，只是不再像之前會和她討論日常。因為她發現葛瑞絲不喜歡和人聊天，常常用三字訣結束話題，而自己也不想勉強她。因此，兩人之間變得只剩下客氣。

　　夫妻兩人都有工作，有時候要加班，或是朋友生日要開派對，所以會晚點回來。雖然一星期只發生一次，都讓葛瑞絲不安。她享受孤獨，但不允許別人讓她感到孤獨。

　　星期三，大家在校園餐廳吃飯時，剛好提到寄宿家庭。

　　凱希突然問葛瑞絲：「妳寄宿家爸媽怎麼稱呼，她們人好嗎？」

　　葛瑞絲回答：「布萊恩和蘇菲亞，他們普普通通吧。」

　　史迪夫回道：「我朋友之前住過這間寄宿家庭耶，夫婦很熱心，很好相處。如果想去購物中心或超市，他們都會答應，還會常常關心學生。」

　　葛瑞絲只是不耐的搖搖頭：「我不滿意。」

　　史迪夫疑惑地問道：「為何呢？？」

　　「話多，問東問西，食物難吃，常晚歸。」葛瑞絲數落了幾個缺點。

　　「常常晚歸是幾次呢？」史迪夫問道。

　　「忘了。我今天要跟學校說換寄宿家庭了。」

　　「妳不是才住沒多久，要不要給對方一點時間，因為剛開始一定有磨合期。」

「我決定了。」葛瑞絲板起臉拒絕繼續討論這個話題。

　　然而，申請換寄宿家庭後，不會馬上搬，還需要審核兩星期。這兩星期，葛瑞絲決定以逃避對方，來避免尷尬。

　　當學校通知布萊恩和蘇菲亞，葛瑞絲已經申請換寄宿家庭後，兩人由不可置信到坦然面對。之前來住過的學生，至少都住一學期，後來搬家的原因幾乎都是因為已經熟悉環境，自己獨立出去租屋。第一次遇到只住這麼短的時間，而且還向學校抱怨，的確讓人有點心灰意冷。　兩人經過一天的沉澱和溝通後，決定在這兩星期內，依舊和葛瑞絲保持友好關係。

　　畢竟不是人人都可以成為好友，和睦相處。

　　葛瑞絲很訝異於他們兩個人對待她的方式，並沒有太大改變。原以為他們會暴跳如雷或是冷暴力對待，沒想到兩人還是一如既往地關心她。離開前一天，布萊恩和蘇菲亞還請葛瑞絲到中國餐廳吃飯，這更葛瑞絲覺得，他們對她是有點真心的，不是只是為了利益。

　　用餐時，蘇菲亞說道：「因為我們兩個的薪水並不是很豐厚，所以除了朋友生日或有活動，鮮少外食。這間餐廳雖然索費不貲，但聽說非常好吃，所以請妳來品嘗。以後如果搬到新家，有空可以自己來試試看喔。」

　　葛瑞絲點點頭，「好吃。」

「對啊，比我煮的好吃多了。難怪妳會選擇每天晚餐都到外面品嘗各種美食，我現在終於理解了。」蘇菲亞幽自己一默。

葛瑞絲竟然笑了。一向用冷漠孤獨武裝自己的她，有一瞬間卸下心防。

「妳要多笑，很可愛。希望妳搬新家後，會變得開心一點。我很抱歉，讓妳在這裡住得不滿意，以後有需要幫忙，還是可以打給我喔。」蘇菲亞誠懇說道。

「對啊，我們歡迎妳隨時回來喝杯咖啡。或者，妳還想吃宮保雞丁。」布萊恩爽朗一笑，開了蘇菲亞的玩笑。

面對真誠的兩人，葛瑞絲心中竟然產生一點點的後悔，還有一點想念。

重蹈覆轍，好好審視

葛瑞絲新的寄宿家庭媽媽艾比約四十歲，已經和先生離異，所以等於整棟房子只有葛瑞絲和艾比。剛開始幾天，艾比約葛瑞絲出去吃飯，這點讓她感到開心。尤其，新的寄宿家庭離商場很近，步行就能抵達，不需要出門就要依賴汽車。

吃飯時，艾比喋喋不休，不斷說出自己工作上的豐功偉業，又強調朋友很多。葛瑞絲只覺得頭痛，除了點頭，不知道該如何回應。

艾比見葛瑞絲反應不熱烈，意味深長地說道：「要多講話，英文才會進步喔。別人講話時，要回應，朋友才不會生氣。」

　　葛瑞絲點點頭，表示了解。

　　住了不到一個月，葛瑞絲開始不滿意。她以為這房子只有兩人，應該可以安靜自在地待在房內，沒想到，艾比很喜歡交友，幾乎每天都有朋友來家裡用餐，周末還會辦派對。 葛瑞絲只想在房間，聽音樂，看書，享受孤寂。但艾比不管她的意願，總是強硬拉她出來和朋友見見面。

　　「這是我寄宿家庭的學生葛瑞絲，她家境很好喔，有不少名牌包。」這句話讓葛瑞絲快控制不住情緒，感覺自己像是被圍觀的動物。

　　於是，面對眾人的問題，只是說句不好意思，飛似地逃回房間。週末時，家裡更是熱鬧烘烘，因為艾比很喜歡邀朋友在家同樂。

　　樓下舉辦派對，她本想藉故出去，但被艾比拉住。

　　「葛瑞絲，先別出去，我要介紹妳認識一些朋友。」

　　「我和朋友要去逛街。」葛瑞絲隨口說的一個藉口。

　　「真的嗎？根據我的觀察，妳好像沒有什麼朋友，因為妳防衛心很重，常常獨來獨往。這也難怪，我也不太知道如何和你相處。」艾比一語中的，輕鬆戳破她的謊言。

也打擊她的自信心。

葛瑞絲冷冷地說道：「或許吧，我要遲到了，再見。」

「隨便妳吧。妳真的很難取悅。」艾比也不高興了。

走出大門後，葛瑞絲一邊呼吸新鮮的空氣，一邊讓自己冷靜下來。

這間房子雖然每天都有訪客，歡聲笑語，開懷聊天，但是葛瑞絲卻覺得這些聲音讓她覺得更落寞。

她需要的是，是真正懂她的人，願意聽她說話的人。

從小到大，身邊雖然環繞很多人，但是願意聽她說話的朋友少之又少，讓她願意肆無忌憚地暢談的人，更是屈指可數。

這幾星期下來，她體會到前所未有的孤單感。

她漫目的走著，竟然遇到同學凱希。

凱希是個可愛友善的人，雖然葛瑞絲總是面無表情，給人一種距離感，她還是微笑地問候。

葛瑞絲一看到熟悉的面孔，竟然忍不住哽咽。

「怎麼了？」凱希訝異問道。

「我……我突然覺得肚子有點餓。」葛瑞絲突然想吃點美食。

兩人一起到商場的咖啡店。

　　「妳看起來好像不太舒服耶，在新的寄宿家庭住的不習慣嗎？」凱希擔心問道。

　　「我⋯⋯有點沮喪。」她知道自己不好相處，但凱希始終對她很友好，漸漸地，葛瑞絲對她的防禦心不如其他人強。因此，當凱希關心她時，她不由自主地說出內心感覺。

　　她跟凱希敘述這幾天在新的寄宿家庭，以及最近遇到的狀況。她有點不知所措，看到凱希彷彿看到浮木，忍不住多說幾句話。

　　「和之前的寄宿家庭相比呢？」凱希問道。

　　「我突然覺得之前的寄宿家庭很好。」葛瑞絲想了一下，做出結論。

　　兩人聊了一個多小時，雖然大部分都是凱希在說話並開導，但是葛瑞絲不像以前一樣，總是左耳進右耳出，假裝在聽，其實心門早已關上，飄到千里之外。這次，她認真地聽著凱希說的話。葛瑞絲沒給她任何好處，也沒送過她禮物，但她卻願意花時間聽她傾訴，還給予鼓勵，這種感覺很窩心也很溫暖。

　　凱希語重心長地說道：「葛瑞絲，我一直覺得妳很孤寂。當我們中午吃飯聊天時，妳雖然在場，但給人一種疏離感。因

為沒有參與感，也很少回應。我建議妳試著打開心房，從今天開始好嗎？」

凱希如此了解她，這點讓葛瑞絲覺得非常訝異。

凱希繼續說：「妳知道嗎？海明威有句名言：『每一個人都需要有人和他開誠佈公地談心。一個人儘管可以十分英勇，但他也可能十分孤獨。』所以，如果妳想找人聊，可以隨時打給我，我很樂意傾聽。這是我的電話號碼。總之，妳先聽聽看艾比的想法，或許自己先做些改變，讓對方看到妳的誠意。」

葛瑞絲聽完後，眼眶濕濡，感動地點點頭。

來到加拿大之後，葛瑞絲第一次真正感到安心。

她不受別人喜歡，她對其他人不耐煩，或許是自己對別人的態度有很大的問題。

葛瑞絲決定再給艾比一次機會，父母將她送來外國，除了想讓她學習獨立，還想讓她敞開心胸，多結交志同道合的朋友。只是之前葛瑞絲活在自己的世界裡，不聽不聞不見，才會讓自己如此寂寞。

葛瑞絲買了一些甜點，準備踏出善意的第一步，回到家後拿給艾比，並和艾比的朋友打了招呼。

艾比說了聲：「這甜點很貴喔，謝謝。」然後，馬上拿給朋友，完全不想正視葛瑞絲。看著朋友和艾比之間眼神的交流，和不自然的笑，敏感的葛瑞絲知道剛剛艾比應該「說了些什麼」。

　　葛瑞絲主動和艾比交談，對方雖然面帶微笑，但是言語中毫無感情，而且講話都故意加速，讓葛瑞絲有些迷惑。她知道，或許艾比只想和她相敬如「冰」，做好份內工作，彼此不要有任何情感。

　　葛瑞絲覺得難過，滋生出想要再換寄宿家庭的想法，因為兩個寄宿家庭媽媽相比，蘇菲亞真的很貼心。會關心她想吃什麼，會主動載她到學校以外的地方，會和她聊學校家庭的事情，會總是笑著望著她。

　　想起凱希的提醒，葛瑞絲覺得還是再多觀察幾天。

　　始料未及的是，艾比竟然比她早一步，主動跟學校回報，覺得她和葛瑞絲無法相處，再加上太忙，所以無法照顧她。

　　換句話說，葛瑞絲出局了。而且，不是艾比親口對她說，是透過第三者來說明。難道，兩人之間，真的這麼陌生嗎？還有，看來她必須要再度搬到其他寄宿家庭。對於靦腆的她，無疑是種折磨。要再次適應陌生環境，還要再一次和對方磨合。

　　這應該是第一次，寄宿家庭寧願不收費用，也不想委屈自己。畢竟一個月一千加幣，這筆收入不無小補，除非對方做出

犯罪或離譜到無法接受的行為，寄宿家庭的父母通常不會主動請辭。

葛瑞絲覺得很丟臉、很難為情。

當學校管理人員，用委婉的言語跟她說明時，葛瑞絲受傷感覺還是難免。她脫口而出，是否可以住回前一間寄宿家庭。

管理人員遲疑了一下說道：「可以試試，但不能保證。因為當初是妳主動提出要換寄宿家庭，對方可能會帶點負面情緒。另外，或許他們已經有新的學生入住，沒有空間了。總之，我今天會打電話確認，週五之前回覆妳。」

葛瑞絲誠懇地道謝，懷著忐忑不安之心，等待學校的通知。

沒想到，第二天蘇菲亞竟然來電，電話的那一端，聲音依舊開朗。

「葛瑞絲，歡迎妳回來喔。告訴我妳哪天要搬家，地址在哪裡，我和布萊恩會過去幫忙。」

「謝謝，真的。」葛瑞絲有點哽咽，在異國獨自一人的她，突然感覺不再孤單。有人真切的對待她，不在意自己曾經拋棄他們。

葛瑞絲做了決定。

錢對她而言不是問題，她決定提早搬到布萊恩家，並且給對方全額的月費。而艾比這邊，她月初也已經付清，不會影響她的收入。

　　當她跟蘇菲亞表示要提前搬家，對方一口答應，而且說道：「這週末嗎？好，我和布萊恩會過去接妳，你再把地址和時間傳給我。」

　　葛瑞絲馬上說道：「對了，費用我會付清一個月全額，以茲感謝。」

　　蘇菲亞不悅地說道：「不，費用從下個月開始計算，看到妳變得柔軟，比錢還重要。」

　　終於，繞了一圈，葛瑞絲回到原點。

　　當葛瑞絲搬回蘇菲亞家的那天，竟然還有意想不到的驚喜。

　　原來布萊恩和蘇菲亞為了歡迎她，還替她準備蛋糕、中式炒飯和奶茶，當成她回來的禮物。

　　當葛瑞絲吃炒飯時，蘇菲亞不好意思說道：「這是我照食譜烹煮的，不知道味道如何？」

　　「好吃。」其實有點鹹，有點油，但葛瑞絲卻給予肯定，她明白很多事情不是講出實話就是正確。

　　「那我有空就準備不同中式料理。」蘇菲亞突然立下旗桿。

布萊恩說道：「蘇菲亞，妳真的好棒喔。」

「其實，我現在想嘗試吃美式食物，畢竟我人都在加拿大，還是要多吃在地美食。」葛瑞絲一驚，急忙說出想法。

「我只是開開玩笑啦，葛瑞絲妳真的變了耶，變得比較容易親近，話也多了幾個字。」蘇菲亞突然感性。

「是啊，以前我覺得自己孤單，用漠然偽裝，其實是因為自己困住自己。經過這些日子，我發現或許是時候改變了。」葛瑞絲真心地說道。

改變不容易，但是如果是為了讓自己變得更好，這是必須努力做到。

自從她受到艾比一段時間的漠視後，葛瑞絲發現這種感覺讓人難以忍受。冷處理也是一種暴力，經歷過的人自然明白。然而，以前的她，常常用這樣的臉孔對待別人，卻認為這是自己的自由。現在她發覺其他人不喜歡和自己來往，也是因為有這樣相同的感受。

三個人有說有笑地用餐，即使餐點不如山珍海味，吃起來卻是如珍饌佳餚。放鬆的感覺，讓人卸下心防，輕鬆舒適。

孤獨，不代表一人。一群人，不代表不孤獨

以前的葛瑞絲，覺得只要有錢，不怕別人不來接近自己。然而，經歷殘酷的現實世界之後，才明白她無法駕馭孤獨，而是陷入自以為是的悲觀情緒中。當她發現有知心好友，願意無條件接納她，聽聽她的難題，而給予正面的看法，這種體認讓她有種獲得救贖的感覺。或許，以前她作繭自縛，一股腦兒認為都是別人的疏忽，卻忘了是自己鎖上心門，讓人無法一探究竟。

孤單的定義，不在人數多寡。當人產生孤單感時，即使身處舞會派對，朋友圍繞，自己卻認為無法和他人交流，有道籬笆隔開彼此之間的距離。當人覺得充滿能量，即使只有隻身一人，卻依然覺得心靈飽滿，精神充沛。

培根有句名言：「得不到友誼的人將是終身可憐的孤獨者。沒有友情的社會則只是一片繁華的沙漠。」沒有朋友，孤獨是種令人難以忍受的惆悵感。所以，葛瑞絲決定改變自己，讓自己變得不再孤僻。

未來只會更好，朋友只會更多，和父母關係會更加緊密，人生會變得更加精采。而寄宿家庭媽媽艾比，已經是過去完成式，和現在進行式的她，沒有任何交集。

孤獨房，從此不再孤獨。

第三章　邱比特

伏爾泰名言：「愛情之中高尚的成分不亞於溫柔的成分，使人向上的力量不亞於使人萎靡的力量，有時還能激發別的美德。」當愛情出現時，很多的悲觀負面情緒，會因此而減少，因為愛，讓人勇敢向前。即使之前因為愛情受過傷，只要不因此而退縮或裹足不前，真愛有天還是會來臨的。

關心，讓人打開心房

薇琪因為父母準備離異，她被送往加拿大留學，而大人們留在台灣討論和解決離婚。有時候薇琪會認為自己是拖油瓶，不被家人所愛，所以才會被送到這裡，這種否定想法在她腦海中盤旋不去，讓她無法放開心胸面對一切。

由於生活得不到許多關愛，她漸漸關上心房，給人一種拒人於千里之外的疏離感。同學覺得她不好相處，有種難以接近的氣質。

直到她住到這間寄宿家庭幾星期後，這家人的相處和生活，讓她對生活產生不同的體悟。Home 爸在外地工作，一個月回來一次。Home 媽賈斯敏在大賣場當任店員，女兒莉莉是活潑的大一學生。因此，目前這個家庭只有母女二人和薇琪，生活單純。

和她們相處了一陣子後，薇琪觀察出來賈斯敏和莉莉生活雖然不優渥，但是她們樂觀灑脫，活得很自在。有空時，賈斯

敏和莉莉也會帶薇琪去喝咖啡、逛逛街，或是去景點遊玩。薇琪有時會請她們吃飯和喝咖啡，但是她們拒絕每次都讓薇琪請客。不過薇琪更執拗，十分堅持，如果不讓她請客，她會生氣，兩人才作罷。莉莉平常有打工，沒有工作時，會親切的和薇琪聊天，說說工作、談談男友，以及一些生活瑣事。薇琪知道莉莉有個男友史坦，兩人就讀同一間大學，準備畢業後結婚。

母女兩人不佔便宜又健談的個性，讓薇琪對她們好感倍增。漸漸地，她不再防衛自己，試圖打開心房，多少會聊一點自己的事情。生命中，如果遇到讓你變好的貴人，要心懷感恩。

第一次的危機，是在薇琪住進後的第三個月。

學校負責寄宿家庭的承辦人找薇琪討論。

「薇琪，之前因為寄宿家庭都有人住了，所以妳先搬到史密斯家，現在，我們找到一間之符合妳之前寄宿家庭條件，房間非常大，有自己衛浴設備和電視，價格一樣的。現在是一號，如果妳想搬家，我們會通知他們，下個月一號就能搬進去。」

這個消息要是兩三個月前，她鐵定舉雙手贊成，二話不說馬上搬走。但是，這幾個月發生很多事情，人都是有感情的動物，想到賈斯敏勤奮努力的工作，想到莉莉打工後累到不行，還會泡杯咖啡給她喝。她心軟了，她猶豫了。

「現在要決定嗎？」薇琪問道。

「希望妳盡快決定，最晚星期三給予答覆，因為我必須通知新的寄宿家庭相關事宜。」

「請問你通知我的寄宿家庭了嗎？」薇琪突然想到。

「通知了，今天史密斯太太來領支票，她詢問我下個月支票可以用郵寄嗎？因為目前情況不同，所以我必須告知對方可能會有變化。」承辦人親切地解答。

「知道，我明天回覆你，謝謝幫忙。」薇琪有點為難，她雖然是理性的人，但是此時卻受感性牽引。她必須回家好好想想，再做決定。其實目前的想法是，她很樂於在這間寄宿家庭生活，並沒有搬出去的打算。還有一方面，她想看看賈斯敏的態度，是否真的當她是朋友，還是只是慷慨的寄宿家庭學生。

只是，這樣回家後，氣氛一定很尷尬。

或許因為心虛，或許因為不知道如何面對她們，回到家後，薇琪看到她們時，竟然只說了聲哈囉，反而是賈斯敏先打破僵局。

「薇琪，要喝杯咖啡嗎？我們談談吧。」賈斯敏叫住她，熱心地說道。

這一瞬間她看到賈斯敏的眼神，有些擔憂，有些嚴肅。

「好……好啊。」薇琪不忍心拒絕。

賈斯敏放了輕音樂，遞了杯咖啡給薇琪。

此時，莉莉也出現在客廳。

「薇琪，今天我到學校去，聽到了一些消息。」賈斯敏單刀直入。

薇琪點點頭。

「首先我要告訴妳，妳是個很好的學生。另外，我知道我們住的房子可能和妳預期有落差，所以，如果妳想搬出去，絕對沒問題，不要有任何的負擔，好嗎？」賈斯敏雖然微笑地說著，薇琪看得出她有些失落。這個眼神，她常常看到，就是當母親決定和父親離婚時露出的神情。

「薇琪，雖然我們家需要妳這份寄宿家庭的費用，但是妳過得好很重要。如果找到更好的，我們也替妳開心。只是，我會很想念妳的。」莉莉誠懇地說道，畢竟是孩子，還是把心底的話一股腦兒說出來。

看著兩人如此真實情感，薇琪原本就偏向不搬家的念頭，更加強烈。

「這樣好了，我們請妳吃頓飯，當成是告別派對，好嗎？」賈斯敏問道。

「不用了。」薇琪搖搖手拒絕。

「還是請妳喝杯咖啡，之前大部分都妳請客，這次輪到我們請了。」莉莉著急地說道。

　　「真的不用。」薇琪再次婉拒。

　　看到兩人挫敗的神情，薇琪突然意識到，她們是不是誤會了什麼？

　　她連忙解釋道：「我沒有要搬家，所以不用請客。」

　　賈斯敏聽完後，不可置信地說道：「我有聽錯嗎？但是今天我收到消息……」

　　「那是之前的想法，因為我之前的臥室很大，有自己的衛浴設備，所以當初來這裡時，我是依照類似條件申請。但是，我發覺自己習慣這個環境，因此，我應該不會搬家。」

　　「真的嗎？」莉莉開心大叫。

　　賈斯敏不敢置信，「妳真是好孩子。」

　　「媽，還是要請客，我們這週末請薇琪吃晚餐吧！」

　　看著莉莉喜悅的模樣，薇琪覺得，或許，自己犧牲了小部分的利益，但是能讓他人達成願望，幫助他人也是件有成就感之事。

　　隔天，薇琪跟學校通知自己的意願。

誤會，讓愛情出現裂痕

某天，薇琪回家後，聽到莉莉房間傳來啜泣的聲音。

「莉莉，我可以進來嗎？」由於門沒關，薇琪禮貌性地敲門。

「可以。」莉莉停止哭泣，委屈說道。

「怎麼了？」

「我和男友吵架了。」

「可以跟我說說細節嗎？」薇琪問完，自己都覺得詫異，她從不管別人的家務事，竟然會主動詢問。

「好。」

原來今天是莉莉男友史坦生日，兩人晚上一起吃飯，但是莉莉沒有多餘的錢買昂貴的禮物，所以只買了便宜的皮夾。從史坦的黑臉，她覺得史坦有點不悅，因為莉莉生日時，他送給她的是一件價值不菲的洋裝。

或許對皮夾不滿，史丹整個晚上表情都非常緊繃，看不出來任何愉快的神情。這頓飯吃的非常難過也很漫長。終於，莉莉忍不住說道：「我知道你不滿我的禮物，但是禮輕情意重，你有必要扳著一張臉嗎？」

「妳不了解我的為人嗎？我是為了禮物而生氣的人嗎？我對妳太失望了。我今天會這樣是因為……」

「不要解釋了，從你收到禮物後，就一直擺臭臉。」莉莉不聽解釋，一時失去理智說道。

「妳不要無理取鬧。」史坦聲音變大了，這種反應讓莉莉更加確定他在生氣。

「我無理取鬧，我飽了，你自己吃吧。」莉莉哭著離開。

聽完後，薇琪以旁觀者的角度覺得這其中似乎有什麼誤會。

「我覺得你們之間應該有誤會，這樣好了，我幫你一個忙，你男友喜歡什麼牌子的皮夾，我先出錢幫妳買一個送他。」

「謝謝，薇琪。我會分期付款還妳。」莉莉破涕為笑，開始變得有精神。

幾百元加幣對她而言不多，因為父母給她的金錢非常富足，不管是不是補償，她都不需要擔心金錢不夠用。

用一個皮夾看清一個人品，這很划得來。

三天後，莉莉突然告訴她，史坦要把皮夾還給她。

「薇琪，他和我約今天七點在布雷克咖啡店見面，妳可以和我一起去嗎？」莉莉覺得很疲倦，需要有人在旁支持她。

薇琪不忍拒絕，她也想知道究竟問題出現在哪裡。

她們到咖啡店後，發現史坦偕同一位陌生男子出現。

幾人露出疑惑的神情，陌生男子先開口，「我是史坦家寄宿家庭的學生爾文，來自台灣。」

「這是我之前提過的薇琪。」莉莉禮貌性介紹。

但是此時似乎不是寒暄的氛圍，所以爾文說道：「你們好好聊聊。我們先去點咖啡了。」

點完咖啡的爾文和薇琪很識相地移到離他們有段距離的位置。

兩人你看我，我看你，一臉尷尬。

爾文主動問道：「妳叫薇琪嗎？妳來多久了？」

「幾個月了，你呢？」

「我來這裡快一年了。」

聊了十分鐘後，薇琪發現爾文有趣幽默，言之有物，剛好和冷淡話少的自己形成互補，沒多久，薇琪就被他逗笑了。

很意外的是，兩人在台灣都住在同一社區，真是有緣千里一線牽。由於兩人嗜好類似，薇琪開始對話題提起興趣，不再只是有一搭沒一搭的回應。

突然，薇琪想到一個問題，「這年你都住在史坦家嗎？」

　　「對，我和他感情不錯。」爾文肯定回答。

　　「你了解他嗎？」薇琪突然問道。

　　「了解啊，我們常一起去跑步，也常常吃飯聊天。為何突然問這個？」

　　兩人雖然第一次見面，爾文的聰明有禮，容易讓人吐露心聲。

　　「我想知道為他為何要退回皮夾？」薇琪把那天莉莉和史坦一起吃飯時，發生爭吵，以及禮物的事情一五一十個告訴爾文。

　　「這是誤會。上星期五晚上我看到史坦不太舒服，他說他下午就開始胃痛。但因為莉莉已經安排好生日晚餐，他吃了藥勉強赴約。沒想到才坐下後，又開始隱隱作痛，結果莉莉以為他嫌棄皮夾廉價而生氣，所以才會吵架。」

　　「原來如此，我就覺得其中必有隱情。」薇琪點點頭。但她隨即想到，史坦還是收了昂貴皮夾啊。「可是，他不是也收了比較貴的皮夾。」

　　「對，他以為這樣可以讓莉莉開心。可是這幾天他考慮到莉莉的經濟，買這個皮夾應該會吃力，所以他希望把皮夾回給莉莉，讓她去退錢。」

「這不需要煩惱，皮夾是我出錢買的，我沒有要跟莉莉拿錢的意思。」如果是因為這樣造成誤會，她的好意不就變成壞意了嗎？

「妳出錢的，妳很大方也挺仗義的。」爾文輕輕一笑。

「嗯，雖然莉莉說要分期還我，但我知道她的狀況，所以我並沒打算跟她收錢。」

「不過，這件事情還是不要讓史坦知道，免得解釋不清。」爾文說道。

「好。不過聽完你的話，其實史坦很替莉莉著想啊，希望能解開誤解。」薇琪心中大石頓時落地。

「這也是為何史坦今天邀我一起來，有第三者在場，總是不會太情緒化吧。所以，我希望妳回去後和莉莉多聊聊，讓她知道真相。我擔心他們兩人等等又吵架。」爾文真誠要求。

「沒問題。我會和她說清楚。」薇琪點頭答應。

「對了，這是我的電話，如果有任何進展，或是需要協調之處，再打電話給我，我不希望他們倆人因為無聊的誤會爭吵而賭氣，我知道史坦很在乎她。」爾文留下聯絡方式，薇琪不假思索地按照號碼撥打，「現在你也有我的聯絡方式了。」

兩人相視一笑。

沒多久，莉莉和史坦手牽手過來，看來是雨過天青了。

「好兄弟爾文，我和莉莉還有其他節目，可以請妳送薇琪回家嗎？」史坦笑著問道。

「沒問題，祝你們玩得愉快吧！」爾文一口答應。

「薇琪，不好意思，爾文是個好人，他會平安送妳回去的。」莉莉不好意思地抱抱薇琪。

「薇琪，妳想去唱歌嗎？」爾文突然問道。

剛剛兩人聊到其中共同的興趣就是唱歌。

「現在嗎？」太突然了吧。

「對，我們去閃唱，之後我送妳回去。」爾文是個說做就做的人。

以前的她鐵定會拒絕，但是她竟然說道：「有何不可。」

唱完歌後，兩人似乎更加熟悉。

在異鄉，有人關心有人陪伴，確實是讓人覺得暖心不孤單。

愛情，最佳助攻

認識爾文後，薇琪雖然對他頗有好感，外型開朗陽光，性格隨和熱心，加上博學多聞，是很容易讓人心動的類型。但爾

文打來邀約幾次，都被她以功課繁忙為由拒絕。因為家庭關係，薇琪不敢輕易地開啟一段情感。她擔心如果多和爾文出遊，相處久了，她可能會更喜愛對方。

與其如此，不如就讓這份悸動慢慢淡去。

薇琪想念父母，卻又不想接到兩人來電，深怕電話的另一端會說出已經成功離婚的消息。

今天，媽媽來電，說道狀況不妙，兩人一直沒有共識，爸爸不願意多談，離婚可能是離定了。

電話那頭的媽媽忍不住哭泣，薇琪連忙安慰，心中也在淌血。突然，她失控吼道：「你們到底有把我放在心上嗎？把我一個人放在加拿大，你們就沒責任嗎？說離婚就離，有替我想過嗎？」

本來有點歇斯底里的母親，突然安靜下來，半晌突然說道：「媽媽知道對不起妳。我……再堅持一下吧。」

講完電話後，薇琪再也忍不住，在房間內啜泣。

她討厭哭泣，但此時，除了哭泣，她找不到任何可以抒發情緒的方法。

莉莉關心地詢問，但薇琪只是說沒事，不願多說。

於是，莉莉打電話給爾文說明狀況。她常聽史坦提到爾文，為人很好又善良，對薇琪似乎有好感。而當她提到爾文時，薇琪有點羞澀的表情，逃不過莉莉的雙眼。或許薇琪只差邱比特射一箭，讓她正視內心真正的想法。

　　不到二十分鐘，爾文出現在薇琪的寄宿家庭前。

　　他只是靜靜的坐在薇琪二樓的房門外，陪伴著薇琪。此時無聲勝有聲，過多的話都是多餘，沒有承受過對方的痛，沒有資格要對方放下。

　　不知道過了多久，薇琪哭累了，準備到廚房補充水分。

　　一開門她竟然看到睡著的爾文，「你甚麼時候來的？」薇琪驚訝說道。

　　「好久，久到都睡了一覺了。」爾文幽自己一默。

　　「你為何不敲門呢？」薇琪問道。

　　「我想讓你好好發洩情緒，所以我在外面陪妳。」爾文微笑。

　　「真傻啊。」

　　「那妳願意和這個傻瓜說說發生何事嗎？」他期待地說道。

　　「我……好吧。」薇琪看到爾文惺忪的睡眼，突然有點心疼。

　　第一次有人為了她，默默陪伴這麼長的時間，不打擾她，其實還是有點感動。

　　薇琪說了父母準備離婚之事，雖然她還是抱著希冀，希望有反轉，說不定兩人突然發現對方的好，而決定不離婚，繼續一起生活。然而，剛剛媽媽的來電，讓她的希望破滅，看來，她最不想面對的事情，似乎要成真了。

　　「我能感受到妳的痛苦。因為我父母幾年前也是分道揚鑣，我和媽媽一起生活。」爾文雲淡風輕地著說著自己難過的事情，薇琪實在很佩服他的正能量。

　　「你不恨他們嗎？」

　　「剛開始當然會，不跟我媽講話，把她當透明人。但是，有天我看到媽媽在偷哭，我心軟了。我只在乎自己的情緒，竟然忘了媽媽也很痛苦，或許有不得不分開的理由，只是為了我而忍耐不哭。所以，我忍下怒氣傾聽她的解釋，逐漸了解兩個不合適的人，如果勉強在一起，反而是對兩人的束縛，都不快樂，不如各自飛向不同天空，擁有各自的幸福。因為願意理解對方，我開始學會釋懷。看到媽媽展開新生活，我覺得沒什麼好抱怨和憤怒，她的微笑是我最盼望的事。」

　　薇琪默默地聽著爾文的話，她細細品味「因為願意理解對方，我開始學會釋懷。」、「微笑是我最盼望的事」。是啊，

這段日子以來,她只是對父母發脾氣,卻從來沒有站在他們的立場和角度思考過。

兩個相同經歷的人,在同一個國度,有種惺惺相惜又感情契合的親密感。

邱比特的箭,正中紅心。

爾文在薇琪旁邊不斷關懷和開解,讓她封閉的心,漸漸敞開,不再怨懟父母,不再抱怨連篇。她主動打給媽媽,告訴自己支持的想法。

薇琪的母親哭著說道:「我女兒真的長大了,有了妳的支持,我可以再戰一回。」

這是知道兩人準備要離婚後,薇琪和媽媽聊了最久的一次,沒有以爭論結束,而是講出彼此心裡的話,母女關係又回到原來,甚至更緊密。

讓薇琪驚喜的是,爸爸也打電話給她,之前只要接到爸爸的電話,講不到幾句話,她總是氣得掛電話。但這次,她想體諒父親的想法。

「爸爸,如果兩人真的不合適,我尊重您的想法。不過,做最後的決定時,請再三思考,好嗎?不管如何,你永遠是我爸爸。」薇琪平靜地說道。

薇琪父親哽咽地說道：「爸爸對不起妳，我會好好想想妳的話。妳是爸爸永遠的女兒，我的女兒成長得很好。」

結束電話後，薇琪不禁露出笑容。

她已經很久沒有真正開懷笑過。

過度糾結於某事，讓自己陷入牢籠而無法掙脫，才會覺得有種無力感，無法恣意而行。

這要感謝爾文，他的體貼、他的話語、他的睿智、他的成熟，都讓她感覺安心，也懂得多替他人著想。

邱比特，不只一個

今年生日，是薇琪最高興最感動的一次。

她接受爾文的追求，不再躊躇不前。

生日那天，薇琪還接到一通這輩子最想接到的電話，是父母打來的。

「女兒，生日快樂，我們要給妳最棒的生日禮物。經過這段時間的沉澱，我和妳爸爸願意再給彼此一次機會，我們兩人會齊心協力修復感情。」媽媽又哭又笑，是幸福的眼淚。

薇琪收穫愛情又收穫親情，以及莉莉對她的友情。

莉莉不懷好意地說道：「薇琪，妳和爾文能有好結果，要謝謝史坦和我這兩個邱比特。如果不是史坦帶爾文去咖啡店，如果不是我的敏銳，在妳哭泣時，打電話給爾文來安慰妳。你們可能還只是朋友，甚至還是陌生人呢。」

　　「謝謝啦，莉莉。」薇琪開懷一笑。

　　「其實，除了他們，妳父母也是邱比特喔。」爾文露出得意的眼神。

　　「怎麼說？」薇琪不解。

　　「如果不是因為他們，妳不會哭泣，我也沒辦法在那天陪伴妳，讓我們感情大躍進。」爾文爽朗一笑。

　　是啊，這樣說來，邱比特有好幾個啊。

　　「那『皮夾』也是喔。如果不是要還皮夾，那爾文也不會和薇琪認識。」史坦加入戰局。

　　「不，我才是最重要的。」莉莉不甘示弱。

　　兩個小朋友開始無厘頭的比較。

　　爾文和薇琪走到後院，微風輕拂兩人的臉。

　　「其實，如果有緣，我們還是會認識彼此吧。」薇琪笑道。

「是的，因為緣分，妙不可言。」爾文拉住她的手，輕輕說道。

望著滿天星斗，一閃一閃，彷彿預告未來，將會更閃亮耀眼，充滿希望。

第四章　真心房

著名作家莎士比亞有句名言：「愛情是歎息吹起的一陣煙；戀人的眼中有它淨化了的火星；戀人的眼淚是它激起的波濤。它又是最智慧的瘋狂，哽喉的苦味，吃不到嘴的蜜糖。」當人們在愛情的世界，喜怒哀樂都變得和之前不同，一點點風吹草動，都能讓人關懷擔心。原本之前覺得無聊的事情，和另一半共同完成，甘之如飴。原本覺得食之無味的餐點，和另一半一同享用，美味芬芳。愛情能讓人充滿幸福喜悅，相反地，也能讓人為之瘋狂。

　　愛情，讓人歡喜讓人憂；會讓人改變目前生活，譬如：出國旅行或是遊學。

出國的原因，五花八門

　　留學或是讀語言學校的原因很多，分門別類如下。

第一點：為了學歷。

　　大多數都是因為學歷而出國，所以努力讀書，認真完成作業，希望在最短的時間內能拿到畢業證書。通常這類學生，是寄宿家庭的最愛，因為他們年紀偏小，不少是高中畢業直接出國，個性單純，加上目標明確，專心於寫作業讀書，不會到處參加派對，喝得醉醺醺才回來。

第二點：用心良苦。

　　曾經遇過父母送孩子出國的原因是：希望孩子遠離豬朋狗友。這個學生叫奧斯頓，年約二十歲左右，生活富裕，無須為錢煩惱。高中畢業後，每天的娛樂就是和朋友出去飆車唱歌，不然就是泡在酒吧，不醉不歸。有時候，奧斯頓會自我反省，這是他真正想要的生活嗎？然而，當他想改變壞習慣，用心找工作時，朋友不斷的來電，讓他無法逃離這個環境。直到有天，奧斯頓被臨檢攔了車，才驚覺生命的脆弱和重要。於是，為了斷絕他和朋友的聯繫，父母將他送出國，還拜託其他同學好好關照他。

第三點：有夢最美。

　　這類型的學生，可能工作過一段時間，存了一筆錢，想完成當初學生出國遊學的願望，所以毅然決然報名語言學校。除了拓展視野，結交不同國家的朋友，還可增進英文能力。這種讀書方式輕鬆又自在，又可以一圓當初夢想。

第四點：改變環境。

　　這類學生想改變當下的生活環境，所以選擇出國。有可能是因為工作壓力，有可能是因為感情不順，所以才會下這麼大的決心，想與過去告別。所以對於此種學生，讀書不是重點，而是讓自己過得開心，忘掉一切哀傷和憤怒，才是他們的期待。

　　奧黛俐會出國讀語言學校，就是因為情傷，讓她遠走他鄉，遠離曾經的過往。

當愛已成往事，懂得自我改變

奧黛俐和男友傑森是在職場中認識，原本計畫相戀幾年後，再攜手邁入另一個人生階段。奧黛俐為了結婚基金，下了很多功夫。最後，以傑森劈腿告終。前男友劈腿的對象是另外一間公司的女主管，工作能力強，薪水高，再加上獨立自主，讓傑森忍不住愛上她，然後無情地一腳踢開奧黛俐。

得知傑森劈腿後，她哭了許久。她知道同事在她背後談論她的感情，表面是替她不值，但更多的是腦補原因，當成茶餘飯後的話題。奧黛俐最好的同事妮可，勸她請幾天假，出去走走，暫時離開這個傷心處。

父母看到奧黛俐假裝若無其事生活很心疼，卻無法替她哭泣。他們希望她換個環境，不要因為感情沖昏頭，每天如行屍走肉般生活。而始作俑者傑森卻和新對象，到處打卡遊樂，讓不小心聽到或看到消息的奧黛俐，更加痛苦。

人在悲傷之時，會想起之前遺憾或念想，甚至會想讓自己放肆一次。奧黛俐考慮後，和父母討論，決定申請加拿大語言學校，預計讀一年左右，父母表示贊同，希望出國後，奧黛俐能重拾歡顏。

這年，奧黛俐 27 歲。

　　她在溫哥華的寄宿家長是喬丹夫婦，兩人都是 55 歲，親切和氣又溫暖的老人家。

　　他們有個兒子哈理斯，今年 29 歲，在其他城市工作，所以奧黛俐還沒機會見過本人。

　　喬丹太太拿了哈理斯的照片給奧黛俐看，「妳看，這就是哈理斯，很帥吧？」照片中的哈理斯高高瘦瘦的，斯文帶點稚氣，露出陽光般的燦爛笑容，是個讓人覺得容易親近的人。

　　「嗯，很帥。看起來很開朗。」奧黛俐點點頭說道。

　　「他之前的確很陽光，笑容滿面。不過發生那件事後，他變得不再愛笑，話也變少許多。後來，為了療傷，到其他城市去工作了。」喬丹太太嘆了一口氣，眼眶濕濡。

　　「我很遺憾，您願意談談發生什麼事情嗎？」奧黛俐謹慎地開口。

　　「那是兩三年前的事了。哈理斯當時有個未婚妻蓮娜，兩人本來要步入禮堂，有次因為結婚地點和工作的事情而發生激烈爭吵，之後，蓮娜憤而離去。哈理斯打了幾通電話，蓮娜都不接，就這樣兩人冷戰了一星期吧。冷靜過後，當哈理斯到蓮娜工作的地方找她時，赫然發現蓮娜和男主管兩人手拉手，有說有笑地進入車內。哈理斯之前見過這個男人，是蓮娜的頂頭上司，一直不隱藏他對蓮娜的好感……」

「會不會是誤會呢？」

「剛開始我們也這麼想，後來哈理斯和蓮娜開誠布公的談過，事實就如他所見，之前蓮娜就覺得彼此並不合適，才會不斷爭吵，最後她向哈理斯提出分手。她也坦承和男主管已經開始交往，所以哈理斯才會心碎地離開。」

奧黛俐眼淚不聽使喚地流下來，這個故事和她的遭遇如出一轍，因此她能感同身受，知道那種被背叛的感覺。

「妳怎麼哭了？妳真的是個心軟的女孩。」喬丹太太拿著張面紙給她。

從這兩個月相處下來，她由衷喜歡這個寄宿家庭的學生。奧黛俐個性很溫暖，很隨和，沒見過她發脾氣，見面時永遠都保持微笑，只是偶爾會望著天空嘆氣。

而且，她常請他們一起到外面用餐，為人慷慨又大方。

喬丹太太和她先生私底下提起過奧黛俐。

喬丹先生對奧黛俐也是讚不絕口。

之前，他們參加過寄宿家庭父母的聚會，聽過一些寄宿學生的「豐功偉業」，讓人不敢恭維。例如，有的人把錢算得一清二楚，冰箱要分一半的空間。有的常常用市內電話打給朋友，讓其他人無法打進來。還有的約朋友來家裡住幾天，房間弄得一團糟。當然，大多數的學生的行為都很好，只是幾粒老鼠屎

讓人頭痛。所以，大家在心中都紛紛期許，希望來家裡住的寄宿學生，都能好相處和愛乾淨。

第一次相遇，熟悉又陌生

時光飛逝，奧黛俐在溫哥華已經住了兩個多月。

溫哥華的氣候、溫哥華的美景、溫哥華的文化、溫哥華的多元、溫哥華的購物中心，讓奧黛俐暫時忘記失戀之痛。

這天，她一如往常地在學校門口等待喬丹太太來接她。

突然，一輛銀色的轎車停在她面前。

「妳是奧黛俐嗎？」車子內的帥哥問道。

「沒錯。」奧黛俐點點頭。

「我媽今天有事情，所以請我來載妳回家。」

奧黛俐望著眼前這個男子，非常眼熟，突然驚呼道：「你是哈理斯？」

男子點點頭。

哈理斯不上鏡，本人比照片中俊帥許多。不變的是，他露出的笑容和照片中一樣爽朗。

兩個都不是活潑外向之人，車內安靜到令人尷尬。

「奧黛俐，妳喜歡咖啡嗎？這附近有間咖啡廳，我們回家路上可順道買一杯喔。」哈理斯首先打破沉默。

「當然好。對了，你回來度假嗎？」既然哈理斯先開口，自己再不說話，顯得無禮。奧黛俐記得哈理斯在其他省工作，推測是因為假期而回來看爸媽。

「不是。其實是，我想家了，所以才決定回來工作。」哈理斯雲淡風輕地解釋。

哈理斯要回來長住，這表示之後哈理斯會和她同住一個屋簷下囉。

「那你……」其實，奧黛俐想問他已經走出情傷了嗎？但隨即發現這個問題有點交淺言深，於是把問題吞了回去。

「好了，不談這話題了。咖啡廳快到了，要喝哪種口味的咖啡？」

「摩卡。」奧黛俐馬上回答。

「真巧，我也喜歡摩卡。」哈理斯微笑說道。

這是她和哈理斯第一次見面，或許從喬丹太太口中聽了不少關於哈理斯的事情，所以對他竟然一點都不陌生。

反而像是許久未見的朋友，有點生疏，但又有點熟稔。

喬丹夫婦對於哈理斯的歸來，非常開心又驚喜。

感覺是不小心失去的兒子，突然歸鄉回到故里。

喬丹夫婦希望哈理斯多休息幾天，並未急著要他找工作。

哈理斯也想先放慢腳步，讓自己放鬆一下。

這段時間，奧黛俐上學的接送工作都由哈理斯負責。

之前喬丹太太提過哈理斯很多次，所以奧黛俐對他印象一直很好，經過接觸後，發現哈理斯的確是個很有魅力，又體貼的人。奧黛俐喜歡和他相處時的感覺，輕鬆愉快，有時還會有點心跳加速的悸動。

幾天的溫馨接送和一起出遊，兩人感情加溫，由陌生者變成朋友。

坦承，是加深感情的不二法門

過幾天是奧黛俐的生日，哈理斯特別請她去吃飯慶生。

這間義大利餐廳裝潢典雅，奧黛俐看了菜單上的數字，價格不斐，奧黛俐有點為難，彷彿佔了哈理斯的便宜。

她突然想到，傑森從來沒有請她吃過這麼昂貴的食物。

「這間餐廳有點貴耶，讓你破費請我吃飯，我過意不去，還是各付各的？」認識傑森之前，她的確是個美食愛好者，喜

歡吃不同國家的料理，但是和傑森交往後，一切都變了。因此當她知道哈理斯約她出來吃義大利菜時，心中充滿期待。

「不，我堅持請妳。我很喜歡和你相處的時光，之前妳說過還沒機會嘗試美味的義大利料理，所以我才請妳來這裡用餐。美好的食物要和好朋友分享，所以我覺得很值得。你要自己點，還是我幫妳決定。」哈理斯露出真摯的微笑。

「你幫我點吧，我信任你。」

奧黛俐心中一陣悸動，之前隨口說的話，哈理斯竟然能記住不忘。

之前她和傑森交往的幾年當中，他不喜歡奧黛俐花太多時間和金錢在食物上，只要知道她和朋友去吃到飽，他就會表現出不悅，甚至吵架。所以只要和傑森一起共進晚餐時，他們最常見的選擇就是便當或是清粥小菜，幾乎很少吃大餐，因為傑森認為花大錢吃飯，是最不理智和浪費之事。有次兩人吃了聖誕大餐，吃完後他竟然表示誰提議來此，誰就要負責付費，最後當然還是由奧黛俐買單。

好幾次，為了不和傑森吵架，奧黛俐背著他偷偷和朋友一起享受美食。

「其實，我前男友很不喜歡到餐廳吃飯，因為他認為沒有必要又所費不貲。不過，我則很愛美食，因為他我放棄了這項喜好。」奧黛俐有感而發，苦笑說道。

「如果他真的愛妳，會理解妳的愛好，而不是只是要妳省錢。我雖然對食物無特別喜好，但前女友愛吃，所以我陪著她到處品嘗不同風味的餐廳，都變成老饕了。」哈理斯一語中的，苦笑說道。

現在想想，奧黛俐發現自己真的天真得可笑。一個會為了付幾頓飯錢而大發雷霆的人，真的愛妳嗎？

只是當時她深陷愛情的漩渦中，以為只要是為了兩人的未來，做出犧牲是值得的。讓人無奈地的是，這些犧牲，抵不過第三者的攻勢和金錢誘惑。

點完菜後，哈理斯見奧黛俐一語不發，以為自己說錯什麼，不解地問道：「妳在想什麼？」

「沒什麼。我覺得你是個好人，我們才認識不久，你對我就這麼好。如果今天是和我前男友來，看到價格後，肯定又要吵架了。還好，我們分手了。」奧黛俐自嘲說道。

「可以說說妳的故事嗎？我願意洗耳恭聽。」哈理斯平常並不是這麼八卦的人，但這句話卻從嘴裡脫口而出，他自己也嚇了一跳。

奧黛俐點點頭，或許她真的放下，又或許其他人正慢慢地治癒她的傷痛。

她將和傑森交往的經過，以及最後劈腿收場的結局，一五一十告訴哈理斯。

　　望著哈理斯皺著眉頭，她知道對方應該能體諒她的感受，因為哈理斯也經歷過一段不堪的過去。

　　哈理斯聽完後，露出微笑安慰道：「他失去妳是他的損失，妳是個很美好又善良的人。」

　　「謝謝讚美。其實，我們倆的遭遇還真的有點像喔。」奧黛俐不假思索說道。

　　「妳知道我的過去？」哈理斯望著她，神情變得嚴肅。

　　奧黛俐點點頭，她好像說錯話了。

　　「難怪我們可以成為好友。」哈理斯突然幽了自己一默。

　　奧黛俐點點頭，這頓飯在歡笑中結束。

　　哈理斯是個很盡責的寄宿家庭哥哥。找到工作後，還有幾天的空檔才去報到，他只要有空，就帶奧黛俐去購物，去划船、去騎馬、去市場、去公園、去喝咖啡，去大快朵頤，讓她徜徉在溫哥華山光水色中。這幾天的相處，讓奧黛俐對哈理斯認識更深，幽默、言之有物，而且溫柔貼心，她對他的友情悄悄產生化學變化。

只是，奧黛俐刻意維持「朋友關係」，因為如果告白後被對方拒絕，可能無法在此待下去。

意外的訪客，加速情感

這天，哈理斯將奧黛俐載回家後，看見一位陌生的東方男子在門口徘徊。

奧黛俐一下車，男子就飛奔過來。

「我好想妳。」男子對著奧黛俐深情呼喚。

「傑森，你怎麼知道我住在這裡。還有，你為何會來這裡？」奧黛俐一臉狐疑地問道。

「我拜託妮可好久，她才告訴我。對了，我們可以進到你房間談談嗎？」傑森偷瞄了哈理斯一眼問道。

「好。」奧黛俐對哈理斯解釋道：「哈理斯，這是傑森，我和他有點事要談，先進房間了。」

他眼神嚴肅，面無表情。「請便，與我無關。」

面對他突然其來的怒氣，奧黛俐有點不知所措。

但眼前有更重要的事情要解決，於是她將傑森帶到房間內，和他好好談談。

「奧黛俐，我花了這麼多錢買機票來這裡，是來找妳回去的。我當時是被欲望沖昏頭了，才會和女魔頭在一起。這幾個月，我發現她真正的性格，根本有公主病，喜歡去高級餐廳，還要我買名牌包送她，才交往幾個月我花了好多錢，所以我一氣之下和她分手了。妳溫和體貼，才是我理想的對象。」傑森低聲哀求道。

　　如果傑森在幾個月前，對她說出這番話，她一定會破涕為笑，與他重修舊好。然而，今非昔比，見識和視野會改變一個人，而時間是最好的療傷藥劑。如今的她，已經能置身事外，看清楚當時愛情的本質。對於傑森，她真的不再執著。

　　「如果你早點來找我，我可能會回心轉意。但是，現在的我，對你的情感已經變成親情，我只想在這裡好好讀書，好好旅遊，慰勞我這幾年的辛勞」。

　　傑森不死心，想以其三寸不爛之舌，來說服奧黛俐，但她仍不為所動。

　　或許惱羞成怒，或許傑森習慣奧黛俐一直以來對他的順從，對於她不願意給他要的答案，傑森突然失控，大聲吼道，「妳是不是變心了？難怪這麼冷淡，妳現在如果不和我復合，之後就算妳跪著求我，我都不會理妳的，妳一定會後悔的。總之，妳今天不答應，我就不回去。」

奧黛俐望著眼前她「曾經」愛過的男人，像個潑婦罵街似的，無理取鬧，她突然覺得有點滑稽。究竟她當初是因為哪一點愛上他呢？還是因為寂寞？

此時，哈理斯突然敲門，化解兩人之間的尷尬。

他客氣地問道：「兩位要喝咖啡嗎？」

奧黛俐連忙開門，一見哈理斯，突然心生一計，向哈理斯眨了眨眼，故意拉著他的手說道：「這就是原因，傑森，你可以回去了。」

傑森大聲咆哮，「原來如此，浪費老子的時間。妳一定會後悔。」說完，頭也不回的離開，臨走前還踹了一下門。

一切歸於平靜。

奧黛俐心中五味雜陳。

「對不起，剛剛利用你假裝成我男友。如果不這樣說，以他執拗的個性，他是不會離開的。」 奧黛俐向哈理斯解釋。

「沒關係，我很開心。」哈理斯說道。

「你很開心？」奧黛俐有點訝異。

「剛才那半小時，我很難熬，也想清楚了一些事。這幾分鐘，我腦海浮現很多可能和後悔。當我知道妳前男友來找妳，你們有可能會復合，妳可能會馬上離開這裡，消失在我的生命

中，我突然覺得異常難受。這種感覺，難以形容，好像我看中的玩具，因為猶豫來不及拿，而被人搶走似的。此刻，我才知道妳在我心中的重要性。我真的很怕，妳會不顧一切和他回去。」

「事實上，他的確是來求我和他回去，但是我拒絕了。其實，我們兩人的交談並不愉快。」奧黛俐據實以告，聽完哈理斯真情的傾訴後，她心跳加快，並不想隱瞞他。

「為什麼？」

「因為我看清他真正的為人，或許我跳開這段感情，變得更加理智和清醒。或許，我對另外一半的要求已經改變？又或許，我開始喜歡這裡的一切。」奧黛俐看了哈理斯一眼，突然莫名的雙頰泛紅。

哈理斯大笑說道：「妳所謂的一切，也包括住在這裡的人吧？例如：我？」

奧黛俐不置可否，只是問道：「蓮娜呢？」

「我已經很久沒想起這個名字了，自從和妳度過這幾天愉快的時日。」哈理斯意味深長地回答。

奧黛俐不敢正視他的雙眼，但羞赧的神情已經出賣她內心的想法。

「現在我想問妳一件事，妳願意假戲真做嗎？」哈理斯誠懇地問道。

「只要是真心，我願意。」奧黛俐害羞地回答。

走過情傷的兩人，未來會更加幸福。

晴空萬里，白雲片片。

唯有真心，才能長久。

窗外有藍天，人間有真情。

第五章　變調曲

弗蘭克有句名言:「如果你是懦夫,你就是你自己最大的敵人;但如果你是勇者,你就是你自己最大的朋友。」當面對恐懼時,你可選擇視而不見,也可以勇敢面對。尤其,當人在他鄉時,有很多需要考量的人事物,當面臨危險時,離開是最快速的方式,但問題終究無法解決。

不自然的笑容,隱藏玄機

菲力浦住到寄宿家庭已經兩星期,他正在慢慢適應中,這是他第一次到外國遊學,和外國人一起住,心中期待又怕受傷害。他雖然不是內向害羞的人,但和陌生人同住,還是有些忐忑。爸爸沃德和媽媽邦妮很和氣,每次見到他們時,兩人都是笑容可掬,讓菲力浦的不安感降低許多。

很多人說遇到一個好房東,租屋會變得有溫度。遇到好的寄宿家庭爸媽,會讓外國之行變得美好又不孤單。

菲力浦很開心自己有這樣的好運。

然而,隨著時間的流逝,感覺也漸漸改變。相處一個月下來,他覺得沃德的笑容,讓他有種說不上來的異樣感。

臉上明明堆著笑,卻讓人不想親近。

親切是好事,但過度親切,會給人一種「奇妙」感。

　　有天中午，菲力浦和幾個同學在學校餐廳吃飯，話題突然繞到寄宿家庭上。

　　「你住的還習慣嗎？」史迪夫好奇問道。

　　「還可以。寄宿家庭的爸媽每次見到我都是笑咪咪的。」

　　「那很好啊，但是你的表情不是很開心耶。」薇琪看到他露出不自然的笑容，直接說道。

　　「其實，我不知道該如何形容。你們有遇過一種人，臉上永遠掛滿笑容，但是笑容彷彿是機器人，很制式化，沒有溫度。寄宿家庭的爸爸沃德，就是給我這樣的感覺。」菲力浦把心中疑惑說出來。

　　「別想太多啊，起碼比每天『結屎臉』好多了吧。」吉娜安慰道。

　　菲力浦點點頭，或許第一次出國，很多方面會變得敏感。

　　史蒂夫突然叫道：「你說你寄宿家庭爸爸叫沃德，媽媽叫邦尼，這好像是桑納之前的那個寄宿家庭耶，你把住址給我，我如果遇到他，再幫你打聽。」

　　就這樣，寄宿家庭的話題停止，大家開始另外一個話題。

　　菲力浦也未再把注意力放在這方面。

怪異行為，讓人疑惑

有天晚上，邦妮和朋友出去吃晚餐，只剩沃德和菲力浦在家。沃德在客廳看電視，菲力浦想請沃德幫他看看作業的文法和拼字，於是端了兩杯咖啡，一杯遞給沃德。

「謝謝你。」沃德露出一貫的微笑，但這次眼神不如之前冷淡，反而多了一分複雜的情緒。

得知菲力浦的用意後，沃德只是隨意看了兩分鐘，然後用紅筆更改兩三個地方，就把作業遞給菲力浦。

他感覺到對方的敷衍，但菲力浦還是誠懇地道謝。

「比起校對，我更喜歡運動。」坐在沙發上的沃德突然起身，往後方移動。

菲力浦好奇的往後看，原來他正在準備做伏地挺身。

「看前面的電視好嗎？這樣會打擾我運動。」沃德有點生氣。

菲力浦覺得一頭霧水，沃德有點情緒，和他平常的感覺大相逕庭。突然做起運動，又發脾氣，讓他有點莫名其妙。但菲力浦仍然照他的意思，把注意力轉回前方的電視。

只是，不到一分鐘，他聽到後方傳來呼吸急促的聲音，讓人感到不適。

他太好奇了，伏地挺身需要發出如此大的聲響嗎？

於是，菲力浦偷偷地看著電視機旁邊的鏡子，想知道他究竟在幹嘛，結果嚇了一跳。

不知道何時，沃德已經把衣服脫掉，只剩下一件短褲。而且，他的眼神正盯著自己。菲力浦頓時感到渾身不自在，連忙把咖啡喝掉，假裝去洗杯子，趁機離開客廳。

這種事情感受不好，但又不能大肆宣揚，畢竟兩個都是男生，對方可能沒想太多，顯得自己小心眼或是太神經質。

但是，那種帶有侵略性的眼神，的確讓他困擾。

幾天後，史迪夫突然神秘兮兮地跟他說：「菲力浦，我早上遇到桑納，確定你的寄宿家庭就是他之前住的那間。但是，評價不太好耶。」

「但說無妨。」菲力浦鼓勵道。

「他說會搬家就是因為沃德『過度』熱情，讓他覺得不受尊重，回到家都不能輕鬆，所以他才會搬。例如……」

「運動不穿衣服嗎？」菲力浦隨口問道。

「對。還有，會主動到桑納房間幫洗衣服去，包括內褲。因為他比較注重個人隱私，心裡覺得有點怪怪的，所以溝通無果後，決定搬出去。剛好有學長在找室友，就找這理由搬出去，

當時賠了一點錢。還有，他說如果你覺得不舒服，建議你搬出去。對了，桑納請我把他的電話給你，如果你有其他疑問可以直接問他。」史蒂夫補充道。

「謝謝，我了解了。」菲力浦點點頭，知道得越多，讓他越煩惱。但是，才剛到異鄉，住不到一個月就搬家，會不會被當成草莓族，加上搬家也不容易，所以菲力浦決定再觀察看看。

除了上次裸身運動比較沒有界線之外，其他方面暫時沒問題。有一點還不錯，沃德為人熱心，常主動帶他去超市或是購物中心。

原本漸漸和諧的生活曲調，突然，因為沃德再次出招而變了調。

第二件事的發生，令菲力浦更加無法忍受，甚至噁心。

某天放學後，他一如往常地走進房間。

沒想到，他看到令他震驚的一幕。

沃德正躺在「他的」床上睡覺。

身上穿著菲力浦昨晚剛洗好的襯衫，而且還沒扣扣子，露出有點大的肚腩。

這種情景，有點荒謬，有點詭異。

菲力浦想大聲斥責，但是轉念一想，在別人的地盤，這豈不鬧翻？而且他只是躺在床上，要罵他什麼？於是，他偷偷拍下照片後離開，撥了一通電話給桑納。

「桑納你好，我是史帝夫的同學菲力浦……」

「我知道，史帝夫跟我提過。你會打給我應該是遇到什麼問題吧？」桑納一點都不訝異接到菲力浦的來電。

「是啊，請問現在有空嗎？我們半小時約在《棕屋咖啡店》見，可以嗎？」菲力浦很想弄清楚這一切。

棕屋咖啡店，得知全貌

菲力浦將最近發生的事情，一五一十地跟桑納敘述。

「你應該也遇過類似的情形吧？」菲力浦問道。

「當然有。你說的這幾件事，我不意外。甚至更離譜的是，記得有一天我早上起床時，他坐在床邊看著我。那個眼神，迄今難忘，當時，我真的嚇了一大跳。我明明記得有鎖房門，但他還是開鎖不請自來，讓人感到不安。還有，我只要和他獨處，他都會故意和我有身體接觸，甚至還故意摸過我手。算了，不說了。」桑納不想再提起這些糟心的事情。

聽完桑納的故事後，菲力浦更加確定這個沃德「不對勁」。慶幸今天他是男的，如果是女的，他會不會更誇張呢？

「你為何沒跟學校說？」

「我當時剛到這裡，一切都不熟悉，再加上我表達能力不好，也沒有直接證據。所以，我選擇逃避離開。你呢？打算怎麼處理？」桑納無奈回應。

「我想，我會盡快搬離那裡。」菲力浦點點頭。

「你會跟學校說嗎？」桑納問道。

「我應該會。」菲力浦點點頭。

晚上他會先去好友喬瑟夫家住，一起討論直接搬走，還是鼓起勇氣跟學校坦白，以免更多的人遇到這個怪人。

菲力浦雖然不想惹麻煩，但是他考慮了一宿，決定向學校說明他搬家的真正意圖。他把昨天拍的照片拿給學校看，加上桑納也提供了幾張之前偷拍的照片。學校人員剛開始很意外，於是請沃德來學校，和他關室密談後，決定將他從寄宿名單中剔除。

菲力浦雖然有點擔心，不想惹麻煩。但是，他為了之後不要發生更多無法挽回的事情，他選擇站起來，改變了以往獨善其身的作法。

經過這件事後，他離開變調屋，到一間純樸的平凡屋，繼續他的遊學生涯。

當然，這次這對夫婦，笑容是真的可親，真正發自內心的
笑。

第六章　黄金屋

看似華麗的外表，或許敗絮其中。看似樸實無華，卻有可能內藏寶藏。當揭開那層亮眼的外紗，或許看到的是讓你意想不到的景象。

艾雪莉住的寄宿家庭，是間小豪宅，艾雪莉稱它是「黃金屋」。住在這間黃金屋，住宿品質比人強。因為它擁有獨立衛浴和大坪數房間，讓很多人羨慕不已。加上共住的人只有一個，成員單純，享有安靜的空間。這位屋主第一次申請當寄宿家庭，艾雪莉就成為那個幸運兒。其他同學很意外，因為看這棟房子，可以推知屋主家境富裕，為何想當寄宿家庭，讓陌生人住在屋內呢？無人知曉。不管原因如何，艾雪莉對於搬到此感到非常興奮。

黃金屋內，發生怪事

寄宿家庭的屋主是個年約五十歲的單身婦女，名叫瑪嘉。艾雪莉第一次看到她時，覺得這個人外表有點冰冷，感覺不易親近，不像是會想當寄宿家庭的人。不過，她想只是來就學，住在寄宿家庭，又不是來交朋友。

第一天搬進去時，艾雪莉開心的拍了很多房間照片，準備隔天到學校炫耀。

同學都很羨慕他，住的房間是位於二樓的套房，瑪嘉住在一樓，由於家中成員只有兩位，等於一人住一層樓。

艾雪莉開心的日子沒過幾天，就發現副作用。因為發現一個人住一層樓，有點寂寞，也有點孤獨。

瑪嘉工作很忙，所以兩人說話時間都不會很久。

尤其夜深人靜時，又多了份恐懼。

第一件怪事，無法解釋

而且，幾天前發生了一件無法解釋的事情，讓艾雪莉的黃金屋變得有點不再像當初想的那麼夢幻美好。前天晚上，她突然驚醒，覺得有點口渴，看了看表，已經快十二點了，於是到廚房喝水，當她喝完水走到樓梯口旁邊時，聽到樓下傳來講話的聲音。

難道是瑪嘉帶朋友回來嗎？

沒多想的她走回房間。隔天吃早餐時她問了問瑪嘉。

「瑪嘉，昨天晚上妳帶朋友回來嗎？」

瑪嘉一臉疑惑，「沒有啊，今天要開會，我昨天晚上九點多就睡覺了。怎麼了？」

「我昨天十一點多時，聽到樓下有講話的聲音……」艾雪莉疑惑說道。

「昨天晚上風很大，妳可能聽錯了。請快吃完早餐，上學快遲到了。」瑪嘉似乎不想討論，催促她快吃早餐。

艾雪莉見狀，只好安慰自己，或許是錯覺。

一個星期後，瑪嘉要出差兩天，整間黃金屋只剩下艾雪莉一人。一想到晚上一人孤身隻影，不知該如何，她就有點害怕，因此她邀請薇琪和奧黛莉來家裡陪她住一晚。三個人可以邊吃美食、邊喝飲料、熬夜聊天，或是玩撲克牌。總之，是很久沒進行的 women's talk。這兩個同學之前就很想來拜訪這間房子，二話不說就答應了。

由於隔天沒課，三人決定玩牌到半夜。

不知何故，薇琪手氣特別差，連輸了好幾次，她沮喪地說道：「不玩了，一直輸。艾雪莉，妳家這麼漂亮，我想到處逛逛。」

艾雪莉笑著說：「歡迎歡迎。」

第二件怪事，讓人不寒而慄

幾分鐘後，艾雪莉和奧黛莉突然聽到薇琪在樓下傳來的叫聲。

兩人連忙朝聲音的方向跑去。

「怎們了？」艾雪莉看到瑪嘉的房門被打開了，覺得薇琪有點沒禮貌。

她到現在都沒看過瑪嘉的房間。

「我剛剛逛的時候，看到這扇門沒關，就好奇往內瞧瞧，結果裡面有好幾個像真人一樣的娃娃。在昏暗的燈光下，著實讓我嚇一跳。」薇琪說道。

艾雪莉連忙把門關起來，在關起來的時候，她無意間瞄了一眼，裡面幾個娃，讓人有點不寒而慄。

「我們上樓吧，這是她個人隱私。」艾雪莉吶吶地說道。

三人上樓後，氣氛明顯不如之前那麼愉悅。

「還要玩牌嗎？」奧黛俐問道。由於她沒看到瑪嘉屋內的情景，所以未被影響。

「我有點累了，我們睡覺吧。」薇琪建議。

三人準備關燈就寢時，樓下傳來汽車聲。

「妳寄宿家庭媽媽提前回來嗎？」奧黛俐問道。

「奧黛莉，妳和我去看看好嗎？」自從上次那件事後，艾雪莉一個人不太敢一探究竟。

兩人確定是瑪嘉後，輕輕地躡步回房。

過了一個多小時，淺眠的薇琪被聲音吵醒。

「艾雪莉，樓下是不是有聲音？」她搖了搖艾雪莉。

其實，艾雪莉並沒睡著，所以她也聽到了。只是，她假裝沒聽到，繼續當鴕鳥。但是，當薇琪問她時，她知道這不是幻覺。

奧黛俐也醒了，因為她會認床，所以並未熟睡。個性大膽，喜歡冒險的奧黛莉說道：「我們去看看吧，萬一是小偷呢？」

三人輕輕地走下樓梯，聲音是從客廳傳來，她們躲在一旁，往客廳的方向一看。

三人很有默契地一起倒抽了一口氣。

只見瑪嘉對面坐了兩洋娃娃，她正和「她們」聊天。

「媽呀！」薇琪差點叫出來，還好奧黛莉摀住她的嘴。

三人互看了一眼，便往艾雪莉的房間「躡手躡腳」的前進。

艾雪莉趕緊把門鎖住，三人這下更不可能睡著了。但是，現在也沒辦法離開，因為要到大門時會經過客廳，免不了要遇到瑪嘉，這種感覺更恐怖，萬一她做出什麼無法解釋的舉動呢？

「我們早上就離開，艾雪莉妳要不要簡單收拾一下，先跟我回去，再看看下一步怎麼走。」奧黛俐跟艾雪莉說道。

「好。」她點點頭。

之後，艾雪莉找了個理由，付完當月的錢，搬到和奧黛莉朋友租的房子。

只是，她仍不知道，那晚瑪嘉為何會和洋娃娃聊天。

還是，她常常這麼做，只是自己神經太大條，一直被蒙在鼓裡。

直到那天喝水才第一次發現？

艾雪莉不敢細想。

或許瑪嘉只是過度寂寞，又或許她有不為人知的神力。艾雪莉並不想知道。

因為，她清清楚楚記得瑪嘉那天晚上的表情，非常生動豐富和快樂，跟白天的她，判若兩人。這是第一次，她覺得瑪嘉是打從心底的開心。

以及，在她們轉身前，她突然冷冷地朝她們望了一眼。

那難以言喻的眼神——

迄今難忘。

第七章　後窗記

學生餐廳一如既往地熱鬧哄哄，有人正在大塊朵頤、有人正在聊天說笑、有人正在交流音樂、有人正在發表故事、有人正在準備考試。

鬧哄當中，當然少不了喜歡分享寄宿家庭的這群人。他們會在中午吃飯的悠閒時刻，講述自己經歷或是聽說的寄宿家庭故事，有的有趣、有的怪異、有的感動、有的讓人哈欠連連。

忽明忽滅，無法解釋

正當大家因為冷笑話而渾身打顫時，薇琪注意到李察心不在焉，面帶焦慮，似乎在思索某事。

「你怎麼了？有心事嗎？」薇琪問道。

「我這幾天在寄宿家庭遇到讓我困惑的事情。」李察點點頭。

本來哄堂大笑的大家，突然同時沉默，一起望向李察，彷彿獵手看到獵物，興致盎然。可見大家受夠那個冷笑話，早想換話題了。

「李察，你無趣的寄宿家庭生活，終於有突破了嗎？」菲力浦補刀說道。

「嚴格說起來，不是我的寄宿家庭，而是我家後面的待售屋。」

大家一聽「待售屋」，更加感興趣。

李察表情突然變得嚴肅，「那我開始說了喔。」

娓娓道來最近發生的怪事。

寄宿家庭後面那棟房子，聽說自從屋主搬走後，已經近一年沒住人了，我剛搬進去寄宿家庭時，對於這棟沒人住的房子，一直很在意。雖然兩棟房子距離約幾台車之遠，但是因為我的窗戶，正對著這棟房子二樓某房間的窗戶。所以，有時候不小心開窗或關窗時，會剛好看到這扇窗戶。當然，它永遠是暗的，因為無人居住。

就在上星期五晚上，當我打完遊戲，準備關窗時，我發現對面有點不一樣，平常烏漆墨黑的，突然出現燈光。我心想，莫非有人搬來了。當時我還慶幸，畢竟每天看到這棟房子都黑漆漆的，心中難免會多想，感覺也不好。如果有人搬進來，也熱鬧許多。當我還在自言自語時，對面的燈光突然消失，一如既往的「黑」。由於事出突然，加上三更半夜，我想或許因為疲倦，我產生短暫幻覺。

隔天，我忍不住好奇心，問了 Home 爸後面房子是否有人搬進來了，結果他疑惑地搖搖頭，表示並沒看見，也沒聽說有人搬進來。為了不讓他們多想，我便不再詢問。

周末時，我緊閉窗戶，三不五時透過窗簾偷看，的確沒出現燈光。

當我逐漸忘記這件事時，最近兩天，後面那棟房又開始出現亮光，而且窗戶似乎還打開了一點點。我不想自己嚇自己，也沒勇氣去查看。但是，沒人住的房子，為何會出現燈光？而且不只一次。

　　「我現在晚上都睡不安穩，深怕我遇到什麼不該看的？」李察唉聲嘆氣道。

　　「想知道答案嗎？還不簡單，找出原因啊？」喬瑟夫建議道。

　　「怎麼找？指點一下迷津吧，大哥。」李察臉更沉了。

　　「明天早上我和菲力浦都沒課，我們六點直接去你家前面集合，然後一起到那棟房子探險？菲力普，跟你賭一杯星巴克，賭你不敢去。」喬瑟夫不懷好意地說道。

　　「星巴克我喝定了，老子陪你們到底。」面對挑釁，菲力浦當然不能認輸。

　　就這樣三個傻瓜，喔，不，三個沒有計畫，只有熱血的年輕人就決定直接去別人家裡探險。

房子不足重，重在讓人怕

清晨六點

一大清早，路上並沒有幾個行人，加上李察家不是市中心，附近只有幾間餐廳和小店，所以一大早路上冷冷清清，清清冷冷。李察直接帶著他們到後面無人居住的房子。

喬瑟夫給每隔人一雙手套，「戴上手套，別留下指紋。」

「有這麼誇張嗎？」菲力浦笑道。

喬瑟夫試圖轉動門把，意外地，門竟然沒有鎖。

進屋後，他們找到樓梯後，直接往目標二樓房間前進。

到了李察說的房間門口，三個人深深吸了一口氣後，由主辦人喬瑟夫把門打開。

裡面，空無一人。

但是，有條舊棉被，桌上還有一些垃圾，和未吃完的食物和飲料。

李察靠近聞了聞說道：「這些食物看起來還是新鮮的，味道尚可，並未腐爛。應該不久前才放到這裡。

「所以，真的有人住在這裡，而且極有可能是未經允許。」菲力浦補充道。

「噓。」喬瑟夫突然示意大家安靜。

他們聽到樓下有開門聲，以及沉重的腳步聲。

三人非常緊張，慌亂中，一個人藏到衣櫃，一個人跑到浴室，一個人躲在床底下。

　　一個身上布滿刺青，頭髮髒亂的彪形大漢步態蹣跚地走進來，手中拿了一瓶酒，還有刀子。

　　三個人嚇到幾乎不敢呼吸。

　　過了十幾分鐘，他們突然聽到打呼的聲音。

　　喬瑟夫小心翼翼地走了出來，小聲說道：「快走！」

　　就這樣，三個人以這輩子最快的速度衝出屋外，跟著李察跑到最近的早餐店。

　　三個人點完餐後，驚魂甫定。喬瑟夫說道：「李察，你的後窗驚魂原來是自己嚇自己。」

　　「真是人嚇人，嚇死人。」李察翻了個白眼。

　　「李察，這頓早餐你請吧，剛剛真的千鈞一髮，差點嚇破膽了。那人手上還有武器，被他發現我們知道他的秘密，那還得了。」菲力普心有餘悸地說道。

　　「沒問題，我請。剛剛跑得又累又渴，你們盡情點。」李察豪邁說道。

　　「你要告訴 Home 爸嗎？」喬瑟夫問道。

「過幾天看看。」李察不知道該如何解釋，他私自跑到別人家中，這可是犯法的。

幾天後，當李察和朋友聚餐後，回到寄宿家庭，Home 媽告訴他：「李察，你知道嗎？我們後面那棟沒人住的房子，有個疑犯偷偷溜進去住，警察可能接獲密報，下午把人抓走了。」

「啊！還好被警察抓走了。」李察只能假裝不知情回應。

「還好，不然我們可能置身於危險還不自知，說不定半夜來攻擊我們。」Home 媽說道。

是啊，幸好，幸好。

李察突然想道，那天，那個人如果沒喝酒，沒睡著，如果他發現他們三個人發現他的秘密，結局又會是如何呢？

他不敢多想。

「我們這個週末中午三個人一起去吃飯吧，我請客。就去您最愛的那間義大利餐廳吧。」李察突然提議。

「你生日嗎？還是有其他值得慶祝之事？」Home 媽微笑問道。

「都不是，只是我心情好，想和你們一起分享。」李察露出燦爛的笑容。

平安，不就是值得慶祝的事。

也是最幸福的事。

第八章　靜悄悄

安靜，很好。

很安靜，還好。

過度安靜，很不好。

康乃爾本人是個比較沉默，不擅長高談闊論的人，所以當初他選擇寄宿家庭的條件就是人口不要太多、不要常辦派對、寄宿家庭爸媽不要過度活潑和多話。這些條件其實挺少見，一般都希望人多好聊天，有助於練習英文。

學校使命必達，幫他安排了一個安靜的寄宿家庭，成員只有兩人：史密斯夫婦。

「你好，我是保羅。」史密斯先生露出淺淺的微笑，簡短自我介紹。

「你好，我是優娜。」史密斯太太面無表情的注視，簡短自我介紹。

「你好，我是康乃爾。」康乃爾面帶微笑和些許尷尬，簡短自我介紹。

看得出來，這對夫婦的確寡言，康乃爾很滿意。之前他的寄宿家庭，父母吃飯時八卦，喜歡找他閒聊學校發生之事。有時候假日想好好休息，他們都會來敲門，問他要不要出門走走或出來參加聚會。對於一個不太愛聊天的人，這簡直是一種考

驗。終於，康乃爾覺得受夠了，於是他提出更換寄宿家庭的要求。

靜與不靜，一念之間

他學校提出幾點要求，學校也照辦。然而，安靜和太安靜，是兩個世界。一字之差，謬以千里。

保羅來學校接康乃爾時，每天都固定問：「今天過得好嗎？」其餘時間兩人在車內幾乎不交談，保羅與其說安靜，不如說是冷淡。他冷漠的神情，讓康乃爾不知道該如何和他溝通。如果是優娜來接他，情況也是大同小異。

晚上，如果康乃爾和他們一起吃飯，更是尷尬時刻。夫妻兩人在餐桌上，幾乎保持沉默，康乃爾剛開始覺得這樣很好，輕輕鬆鬆地吃飯，不用想話題或是應付他人。有次，康乃爾不小心把叉子掉在地上，發出響聲，兩人同時怒視著他，彷彿他破壞了寧靜的時刻。連續幾週後，這種過度靜悄悄的氛圍，有點讓人窒息。

因此，就算三個人同一屋簷下，康乃爾覺得整棟房子，依稀間只有他一人居住。

平常和同學一起聊寄宿家庭時，康乃爾大部分都是傾聽的一方，很少表示意見，但今天，他突然一反常態，主動說出心中的怪異。

「各位，今天故事由我來發言吧。」康乃爾說道。

「哇，真難得，平常幾乎不發言的你，竟然會主動發言。」艾雪莉打趣道。

「我也想低調，但是現實不允許。我最近換了 homestay，我想聽聽大家的意見。」康乃爾聳聳肩。

「對喔，都忘了你問你搬進去的結果如何？說吧說吧。」喬瑟夫好奇說道。

「其實，他們真的完全符合我的要求：真靜。但是，我要的靜靜不是百分百不說話，而是適時讓彼此有空間，可以獨處。但是，史密斯夫婦竟然做到快百分百寂靜。我住在裡面，甚至產生想要主動找他們聊天的想法，以打破這種靜默結界。」康乃爾嘆了一口氣。

「很少聽你講這麼多話，你聲音挺好聽的耶。」薇琪說道。

「這……是重點嗎？」康乃爾啼笑皆非。

「舉個例子，你說的很清楚，我聽得很模糊。」菲力浦提議。

「例子不少。譬如，我們晚上在餐桌吃飯時，幾乎不交談，即使我發問，他們有時用手比，有時用一句話帶過，感覺想結束話題，而且臉上毫無表情。有次我想，既然彼此沒有交流，我想把食物端到房間內享用，還比較自在。沒想到保羅突然大

聲斥責，要我坐回位置。接下來，又是一如既往地靜漠。還有，平常在車上，我們也是相「靜」如賓。即使回到家中，他們夫婦也很少在我面前溝通，常常都是回到房間，才會出現聲音。另外，他們還曾建議我改名叫「歐文」，這更是讓人匪夷所思。明明是三個人的房子，卻只有我一個人的感覺。」

「這樣真的頗怪。」菲力浦不解。

「我覺得你可能要觀察一下，夫妻間幾乎不說話，但聽你敘述也沒吵架，這點讓人有點奇怪。會不會他們受過什麼傷痛，造成心理創傷。你家有地下室嗎？你要不要去看看，說不定有發現。」李察想到之前看過的電影，給予建議。

「沒有地下室。但是，有間房間是鎖上的，他們說裡面有貴重物品，不能進入。我要不要去找找鑰匙，然後一探究竟。」康乃爾大叫。

「康乃爾，我只是隨口說說，你千萬不要自己去看啊。既然上鎖，就表示不想讓別人隨便進入。」李察覺得自己好像闖禍了。

「對，你不要自己去探險，感覺史密斯夫婦並不好相處，如果你越界，恐怕會有麻煩。」喬瑟夫連忙阻止。

康乃爾點點頭，他雖然不愛說話，喜歡靜謐，然而，他的頑固，卻是刻在骨子裡，一旦觸發，就一發不可收拾。

一探究竟，真相是真

自從那天和大家聊完後，康乃爾內心的頑強，似乎被掀起，平常靜逸的他，竟然開始躁動，每天都想找機會，看看那扇門，是否被打開。在這個家，他再也不無聊，反而每天都有動力，讓他離開房間，悄悄瞥見那間房門。每天，他像個情竇初開的男孩，滿心期待門被打開的一天。

有天，康乃爾得知明天下午史密斯夫婦去購物，於是他邀李察來家裡玩，李察一進門，迫不急待說道：「那間房間在哪？」

康乃爾連忙帶他過去，沒想到李察下一個動作，竟然直接轉動門把，「我試試看……」

話未說完，門竟然打開了。

兩人對視一眼，很有默契衝進去，運氣真好啊，他們竟然忘了鎖門。

裡面並沒有什麼貴重物品，牆上桌上都是一個帥氣大男孩的照片，還有一些男孩的衣服、獎狀、物品和一個仿真人的娃娃。

「這是他們的小孩嗎？」李察不解。這些東西有啥貴重，也不神秘，為何要上鎖？

「沒聽說過。但不你覺得很怪嗎？」康乃爾突然背脊發涼。

　　「的確不對勁，尤其這個娃娃的臉，跟照片中的人好像啊。」李察心中疑惑，剛好和康乃合不謀而合。

　　突然，他們聽到汽車的引擎聲。

　　「快跟我到我房間。」康乃爾催促著李察，一邊把門帶上。

　　他們兩人進屋後，把門反鎖，仔細聽著外面的動靜。

　　突然，門口傳來敲門聲，幸虧有鎖門，兩人倒退一步，沒有發出聲音。

　　「沒人回應，應該出去了，不然就是還在睡覺。」優娜說道。

　　保羅氣急敗壞，壓低聲音說道：「妳怎麼會忘記鎖孩子的房間門呢？」

　　「還好，他應該還在睡覺，不會發現。」優娜說道。

　　「那個男孩跟我們歐文個性很像，不愛說話，每次看到他，都有點難過又厭煩。」保羅。

　　「他的身高體重外表也和他相近，看了真的很氣。你看他生活無憂無慮，還每天都擺譜。要不是為了每個月為數不少的費用，我……」優娜的話未完，保羅硬生生打斷。

　　「我們先出門，在車上聊，免得他突然醒來聽到。」保羅提醒優娜。

「那傻子聽不懂啦，感覺話少是為了掩飾他奇差的破英文。」優娜突然噗哧一笑。

汽車再次發動，一切又恢復靜謐。

第一次，康乃爾聽到兩人講這麼多話，但他希望是最後一次聽到兩人嘲笑的言論。感覺兩人很有話聊啊，損人時默契十足，不唱雙簧可惜了。話少不代表他英文差，只是他不喜歡發表言論罷了。兩人言語中的不友善，帶點嘲諷，和平常淡漠的樣子，判若兩人。

李察尷尬一笑，「其實，他們話還真不少啊，我有幸參與了這場盛世。」

「不瞞你說，今天兩人說的話，超過這一段時間以來和我說的話。我很意外，也很不滿。」老子花錢來住，竟然被當成笑柄，還讓人品頭論足。

「與其不滿，我建議你快搬吧，他們真的有點不……」李察擔心說道。

「嗯。」康乃爾同意。

之後，李察和喬瑟夫經過多方打聽，終於得知原來這史密斯夫婦有個就讀大學的兒子，受不了兩人嚴厲管教，憤而離家出走，生死未卜。後來，兩人思念成疾，開始鮮少互動，只是一到兒子的房間，兩人會有種兒子還在家的錯覺，變得開心又

健談，彷彿他不曾離開過。之前，曾有個留學生短暫的住過兩星期，後來因為不習慣而選擇搬到學校，他透露兩人的確詭異，常常把他叫成「歐文」。平常極少跟他交談，但只要他穿上綠色運動外套，兩人又變得十分熱情。原來，他兒子最愛的就是這個品牌外套，最愛顏色就是綠色。不過，他後來就搬到學校宿舍，所以也沒有太多的故事可講。

靜悄悄的日子終於結束。

康乃爾這次對於換的寄宿家庭，再也沒有安靜這項條件。經過這段時間「靜悄悄」洗滌後，他發現，有時候熱鬧一點，好像也是個正面選擇。否則，寧靜的時間過久，可能會開始懷疑人生。

你說是嗎，歐文？

落幕──下一次的聚會

黎明將至，沉靜的夜色即將轉化為鮮明的日出。

八人小組的故事全部說畢。

大家似乎仍興致勃勃，此時，史迪夫請大家舉手表決，誰的故事最引人入勝，絲絲入扣。

經過票選的結果為《瓶中信》的浪漫情雀屏中選。

大家一致同意這個故事，既浪漫又溫馨。讓人聽完後，能再三的回味無窮。

天色漸漸明亮，大家準備打道回府。

下一次的聚會題目，將由薇琪來擬定。

寶拉的臉上露出神祕的笑容。

下一次的聚會想必更多彩多姿。

人影漸漸散去，每人的臉上都掛著期待和滿足的笑容。

故事小組，下次再聚。

第八章　靜悄悄

國家圖書館出版品預行編目資料

千奇百怪寄宿家庭（第二部）／雪倫湖 著. —初版.—
臺中市：天空數位圖書 2021.06
面：14.8*21 公分
ISBN：978-986-5575-33-5（平裝）

863.57 110009309

書　　　　名：千奇百怪寄宿家庭（第二部）
發　行　人：蔡秀美
出　版　者：天空數位圖書有限公司
作　　　者：雪倫湖
編　　　審：龍璈科技有限公司
製 作 公 司：知峰有限公司
版 面 編 輯：採編組
美 工 設 計：設計組
出 版 日 期：2021 年 06 月（初版）
銀 行 名 稱：合作金庫銀行南台中分行
銀 行 帳 戶：天空數位圖書有限公司
銀 行 帳 號：006-1070717811498
郵 政 帳 戶：天空數位圖書有限公司
劃 撥 帳 號：22670142
定　　　價：新台幣 250 元整
電子書發明專利第 I 306564 號

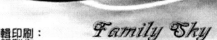

紙本書編輯印刷：
電子書編輯製作：
天空數位圖書公司 E-mail：familysky@familysky.com.tw　http://www.familysky.com.tw/
地址：40255台中市南區忠明南路787號30F國王大樓　Tel：04-22623893　Fax：04-22623863